生活·讀書·新知三联书店

像自由一样美丽
——犹太人集中营遗存的儿童画作

林达 编著

目 录

一、关于纳粹和位于捷克特莱津的犹太人集中营........7

二、画于特莱津集中营的作品及其小作者...........77

后记..231

一、关于纳粹和位于捷克特莱津的犹太人集中营

二〇〇四年的十一月二十五日,正是西方风俗中的感恩节。

我们一早出门,连着开车十个小时,吃午饭都不敢停留,是为了按时赶到美国首都华盛顿市,赶在肯尼迪艺术中心的一场演出之前到达。

北上的旅行很早就计划好了,赶着看这场演出,却是出发前那个晚上的临时决定。

晚上,窗外夜色已深。出门的行装都收拾好了,怀着出发前的不宁,在书桌前坐下,几乎是无意识地,打开了电脑。以前出门,并没有查看当地演出节目的习惯,这次,就像是上帝戳了一下我的脑门,不知为什么,顺手连上了肯尼迪艺术中心的网站,打开了第二天的节目单。

屏幕一闪,节目单跳了出来。我简直不敢相信自己的眼睛,第二天晚上的节目是:芝加哥儿童合唱团的联唱——《我再也没有见到另一只蝴蝶》。

《我再也没有见到另一只蝴蝶》,那是我们熟悉的一首儿童诗。这首诗,和其他一批儿童诗、儿童画一样,是一群普通的孩子们创作的,创作在一个特定的年代、一个特别的地方。

我们要赶去,听一听今天的孩子唱出那些六十年前的孩子们心中埋藏的歌。

六十年前,这些孩子们的老师,想尽办法艰难地把孩子们的诗和画保存下来,是为了让今天的我们,有那么一个片刻停下来,去了解——人们曾经有过这样一段真实经历。也让我们有哪怕是一小段的静默时间,去想一想,究竟是什么原因,使得这些和今天的儿童们一样的孩子,有了一个非常不同的、被突然中断的童年。

这些孩子,成千上万的孩子,再也没有能够长大。可是,这些诗和画的存在,给我们讲述了那个令我们无法回避的、真实的故事。

一

故事发生在一个叫做特莱津的捷克小镇。可是,故事的源头,却是在德国。

一九三三年,希特勒在德国上台了,一上来就咄咄逼人,势不可当。

希特勒很早宣称:"要对法国来一次最后的总算账……目的是在将来能为我国人民在其他地方进行扩张。""德国必须在东方进行扩张——主要牺牲俄国。""不能用和平方式取得的东西,就用拳头来取。"

为了给侵略铺路,他试图让德国人相信,世界上只有德国的白人、日耳曼人,才是强者,而"强者必须统治弱者,不能与弱者混杂,从而影响了自己的伟大。……只有天生的弱种才会认为这是残酷的。"希特勒宣扬这样的说法:奴役和践踏他人,是维持自己"民族优越"的方式。

希特勒追求全世界对德国的服从,追求德国对"领袖"的服从,也就是对他的服从。所以,希特勒一向说,德国是不要"民主这样无聊的玩意儿的"。很快,德国街头到处都是纳粹的冲锋队员,横冲直撞。

希特勒利用了人的弱点。这就是大多数人会有自私的想法,会愿意相信自己比他人更优秀。在遇到经济困难这样的灾难时,人们会愿意找到一些替罪羊,会不由自主地相信,罪责都是他人的,而不是自己有什么责任。当自己属于一个"强大的多数"时,会忽略甚至欺负弱小的、无力反抗的少数。希特勒激励德国人民,使他们相信,善良、同情心只是弱者的感情,这种感情对改造国家不利,要让这个国家强大,德国人民需要的只是"钢铁一般的意志"。

德国有着优秀的文化传统,是伟大的音乐巨匠贝多芬的故乡。即便在希特勒的统治下,也有许多人良心未泯,他们知道这是错的。然而,希特勒在上台之后,立即控制了所有的报纸和杂志。并且非法地逮捕那些持有不同意见的德国人。他们只能在家里,悄悄地把不赞同的想法告诉自己的孩子。可是,希特勒最容易控制的就是青少年了。因为他们还没有成年,往往没有具备独立思考的能力。他们非常容易受到学校和老师教育的影响,也非常容易盲目相信和崇拜强权与领袖。

那些智慧和善良的父母，很快就不敢再对孩子说出自己的想法了。因为孩子还不懂事，他们对教师的尊敬，对学校的服从，对国家和领袖的热爱，都是可能被利用的。他们可能在学校揭发自己的父母，而学校和政府鼓励他们这样做。在一个排斥人性的法西斯国家，统治者会鼓励不懂事的孩子，为了"国家和人民的利益"，出卖自己的父母。当时德国的教育让孩子们相信，假如他们的父母反对国家元首，就是反对国家，就是德国人民的敌人。所以，孩子们以为，他们虽然背叛了父母，却是在忠于自己的国家和人民，是在做一件"好事"。在德国，一些有良知的父母，就在自己孩子天真的揭发下，被抓进监狱，受到严厉惩罚，一些人甚至因此而被杀害。

纳粹在其统治期间，始终严厉镇压少数的雅利安德国人中的反对者。例如，一九四三年，一些在纳粹上台时还是少男少女的中学生，在进入慕尼黑大学之后开始觉醒，试图表达自己对纳粹的反对。结果，他们和支持他们的教授，全部被慕尼黑的法院判处了死刑。

在如此严酷的镇压下，很快，德国社会就很难再找到什么人，敢于公开站出来反对希特勒。而报纸、广播和所有的宣传工具，都在宣传着同样的思想。希特勒又是一个非常善于煽动民众的政客。在德国居于少数地位的德国犹太人，很快就失去了大多数骄傲的雅利安德国人的同情。处于多数地位的雅利安民众，在希特勒的煽动下，把德国的一切困境，归于他们的"敌人"——犹太民族。在"善"离开之后，他们心中只剩下"恨"，而"仇恨"很容易地就把"恶"塞满他们的胸膛。

在希特勒的统治下,最糟糕的事情发生了。法律不再是一个人向社会寻求保护的"自由保障",而是希特勒施加迫害的工具。法律失去了灵魂,失去了善的支撑,空余一个黑色恐吓的躯壳。在纳粹德国,希特勒的意志就是法律。

希特勒为了宣扬弱肉强食的理论,煽动仇视其他民族,甚至把一些科学领域正常的探索研究,引向了一条可怕的社会改造的道路。

在一八九〇年左右,许多科学家进入了对人类自身的研究,研究人的进化和遗传疾病等等。这个研究在世界各地都有,在德国也做得非常深入和广泛。德国科学家们收集了大量不同的人种资料,出版了许多相关的书籍。他们还举行了展览会、讲座、张贴宣传广告,这些宣传也进入学校的教育。宣传的目的是为了从遗传的角度,达到"优生"。在当时,被称为是"德国优生运动"。可是,在这个宣传过程中,也使得人种差异、遗传差异等一些明确的知识和所谓"社会达尔文主义"的模糊说法,逐渐在德国深入人心。

希特勒是"聪明"的。他在利用人类认知上的一些弱点:利用人们对于"科学"二字的盲目追随,也利用了人们对于"绝对理性"的崇尚。他夸大和强调了人类思想中科学、理性的那一面,而有意抹去人类文化来自另一个方向的、同样重要的感情和思想资源,抹去人的善良、同情心和良知。

于是,在希特勒上台之后的德国,人开始变得冷酷。一些优秀的科学家们,开始接受排斥了人性的"科学、理性"的思路。有越来越多的人认为,既然那些精神不健全的人、残疾的人,对社会和我们的国家没有什么"好处",我们就可以"合理"地"除掉"他们,这是"人种的卫生"。从逻辑推论上,似乎找不到这样的思路有什么问题,他们唯独忘记了:人之所以是人,要有"人性",要有对弱者的爱和同情。而在扫除人性之后,"科学和理性",有可能成为非常可怕的罪恶的借口。

今天,在我们回顾历史的时候,打开书本,我们会看到一些照片,惊讶地发现,照片上那些"文明的"、衣冠楚楚、受过良好教育的德国科学家们,自觉地参与了成批谋杀精神病人、残疾人的行动。在一些弱智儿童的保育院里,家长把孩子交给那里的医生和保育员,是相信自己的孩子因此能够得到更好的照顾和治疗。可是,他们万万不会想到,孩子在那里被医生有计划地集体毒杀。

在阅读这些资料的时候,我们的一个德国朋友卡琳来我们家。她最近在以自己的家族历史为蓝本,写一本小说,为此做了很多调查。谈到这些话题的时候,她打开总是随身携带的笔记本电脑,给我们看一张照片,那是一个普通的德国女子,穿着长裙。那是她的姨婆,因为忧郁症住院,在"人种卫生"运动中,被纳粹杀死在医院里。看到书本上的历史,就这样活生生地发生在自己朋友家里,我们真是感觉很不一样。

卡琳告诉我们,听到这个家族故事,还不是她感到最震惊的时刻,不久前她回德国,向她的姨母了解姨婆被杀害的情况,她表达了自己的愤怒心情。可是，她那个受着纳粹教育长大的姨母，完全不以为然。她对卡琳说，那有什么，这些人反正是"没有用"了。卡琳说，在那一刻，看到自己姨母的平静和冷峻，才是她真正感到可怕的时候。

在科学、理性的旗帜下，希特勒把"人种卫生"推向"种族理想主义"。希特勒告诉德国人，德国的大多数民众所属的"雅利安人种"，是一种最高贵的种族。他们的遗传基因最优秀，身体最健康，智力最高。而其他种族，都是相对低劣的种族。希特勒得到一些德国科学家的配合，使得当时大多数的德国人相信，从"人种学"的"科学角度"来看，犹太人是一种最低劣的、甚至是罪恶的种族，整个犹太民族是德国经济灾难、政治灾难的根源。

当时在德国的电影院，播放着这样的"科学教育片"。在影片中，一群肮脏的老鼠在乱蹿，一边有这样的旁白："这些老鼠在大自然里到处传播着病菌和疾病。"接下来，就是犹太人在街头行走的镜头，影片的旁白是："犹太人就像人类中的老鼠一样，也在污染着人类。"我们是最近才看到这段影片，这才开始理解，为什么大多数德国人民会逐渐开始相信，为了国家的利益，他们要有一个如此残酷的"雅利安种族的纯化运动"。

一九三三年以后，德国犹太人在自己的德国同胞面前，已经成了待宰的羔羊。

没有人敢反对，希特勒的纳粹德国，就变得疯狂而嚣张。犹太人已经事实上被划出德国公民的范围，因为他们不再享有公民权利。一九三五年的纽伦堡法律，干脆宣布剥夺所有犹太人的德国公民权利。在"法律"的外衣之下，他们失去工作，失去财产，孩子失去上学的机会，在街上被公开殴打和谋杀。他们得不到国际社会的帮助，因为希特勒宣称，这是他们的"内政"，德国人在他们自己的国家里，他们可以做自己想做的任何事情，他们可以殴打、杀害自己的国民，任何外人都不得干涉。

在迫害犹太人的过程中，最残忍的任务，往往是交给年轻人去做的。因为年轻人的激情最容易在调唆之下转为仇恨。德国的大多数孩子们相信了希特勒的话，把"人性"看作是"软弱"而扫除了，这些年轻人开始变得暴戾起来。

德国的孩子们，从六岁开始，就被要求加入"少先队"，"希特勒青年团"等纳粹儿童和青少年组织，那些阻挡他们加入的家长要被判刑，甚至国家有权夺走他们的孩子。这些雅利安种族的孩子们本来还来不及形成自己的独立思想，又渴望着被接纳为一个"光荣集体"的一员，所以，很容易失去自己独立思考的习惯。

希特勒一上台就先清洗教育，告诉孩子们，那些不赞同希特勒的作家，都是"人民的敌人"。一九三三年五月十日晚上，希特勒上台只有四个半月，就有成千上万的学生们举着火炬游行，最后，在柏林大学对面的广场上，他们的火炬扔在了一大堆各国著名作家、思想家写的书上。新上任的德国宣传部部长戈培尔博士对孩子们说，"在这火光下，不仅一个旧时代结束了，这火光还照亮了一个新时代"。在火光下，失去人道主义思想滋润的德国孩子们,很快就变成了领袖希望他们变成的样子。

希特勒挑选那些最忠诚于"领袖和国家"的青年,组成了冲锋队,他们把冲锋队的标志SS,经常画成两道闪电,他们如闪电般地袭击他们眼中的所谓"敌人"。希特勒激励这些年轻人的办法,首先是让他们有特别的优越感。

纳粹党规定,所有冲锋队成员,必须血统纯正。冲锋队员的雅利安人的纯血统,必须追溯到至少一八〇〇年,也就是至少一百三十年以上,将近四五代人。由于德国一向有教堂、医院认真记载婚姻和出生的传统,所以,这样的"纯种雅利安人"的要求,在德国是不难做到的。在今天的德国,还保存了大量这样的冲锋队员的"纯种"记录卡片。冲锋队员和他们的领袖之间,就有了一种隐隐的感情上的亲密关系。是他们的领袖,使得他们在芸芸众生之中脱颖而出,变得"优秀而优越",于是他们忠诚于希特勒,愿意为领袖赴汤蹈火,做任何他需要做的事情。

在德国之外的正常世界,人们当然看到,纳粹德国正在变成一个危险的国家。德国人民在希特勒的愚民政策之下,变得狂妄自大而充满侵略性。善良已经远远地离开了那里。全世界都在忧心而紧张地注视着德国的变化,尤其是它周围的那些欧洲国家。因为他们和德国是邻居。假如你有一个狂暴的邻居,成天在你门口操刀弄棒的,你不可能不心惊胆战。可是,面对这样一个由疯狂的希特勒控制的国家,你能够怎么办?

希特勒和他的冲锋队正在迫害的犹太人,是他们自己国家德国的国民，他们说这是"内政"。来自外国的反对不起作用，而希特勒的侵略性几乎是他疯狂本性的延伸，他又操纵了一个国家。所以，德国将向外侵略，几乎成了大家都能够预见到的未来。可是，和德国做邻居的那些国家，不论是国家领袖还是知识分子，都在呼吁"和平"。在一个正常的国家，希望和平是人的本能。只是，向希特勒这样的战争狂人发出"和平呼吁"，实在是文不对题。最终，欧洲的政治家们也终于看到了这一点，但这些政治家们没有联合起来采取主动进攻的勇气，却做了一件令他们以后永远会感到羞愧的事情。

一九三八年九月三十日，德国、英国、法国和意大利，一起签署了"慕尼黑协定"。这个协定的意思，是把欧洲的一个小国家，捷克斯洛伐克的西部，送给希特勒。这就等于是对希特勒说，你不要攻击我们，你去占领捷克斯洛伐克。你去侵略他们的时候，我们不会干涉，我们不管。堂堂的欧洲大国，把自己弱小的邻居，当作兔子，送到了希特勒的鹰爪之下。一年以后的一九三九年八月，苏联也以同样方式，出卖了波兰。他们希望，将祸水引向别家，自己就安全了。

他们纵容了希特勒，最后却并没有保住自己国家的和平，仅仅五个多月，希特勒不仅得到捷克斯洛伐克，还攻占了波兰，继而把战火几乎燃遍了整个欧洲。引发了一场世界大战，这都是后来的事情了。

就这样，小小的捷克斯洛伐克，成为希特勒侵略战争的第一个牺牲品。

二

捷克斯洛伐克，是由捷克、斯洛伐克两个部分组成的。在我们讲述这个故事的今天，它们已经分成两个国家。我们的故事发生的小镇——特莱津，位于今天的捷克共和国。

捷克斯洛伐克是个宁静美丽的小国家，却也是当时欧洲最富裕的国家之一。它位于东部欧洲，它的西部恰好和德国相邻。捷克斯洛伐克的国家财产、煤矿、铁矿等等，都是希特勒需要的战略物资。捷克斯洛伐克又是和平的，没有足以保护自己的武力。这也是希特勒选中它作为侵略世界的第一步的原因。

一九三八年九月三十日，在慕尼黑协定中，捷克斯洛伐克被自己的欧洲大国邻居们出卖。一九三九年三月十五日，纳粹的铁蹄踏入了这个国家。

对于德军的到来，在捷克斯洛伐克，最感惊恐的就是生活在那里的九万多名犹太人。因为德国犹太人的遭遇，早已经通过种种渠道传到这里。果然，在一九三九年的六月，纳粹在占领区宣布了一系列反犹太人的法律。犹太人的生活，被永远地改变了。

纳粹在一开始就规定，所有十九岁到四十岁的犹太男子，必须登记，准备为德国服劳役。规定犹太人不准一小群人聚在一起，不准参加任何社会团体，不准上剧场、电影院和公园。纳粹控制了捷克斯洛伐克的所有电台，播送他们的谎言和宣传。

犹太人取得真实消息的唯一途径，是通过短波收音机，收听欧洲其他国家的新闻。纳粹又立即宣布，犹太人不准听短波收音机，拥有短波收音机的犹太人，将被判处死刑。他们就这样被切断了取得外部消息的来源。

在捷克斯洛伐克，起初规定犹太人家庭拥有的一切贵重物品，如首饰等等，都必须登记报告。接下来，他们的照相机、打字机和贵重物品，甚至包括溜冰鞋和羊毛外套，都必须无偿上交。纳粹还冻结了犹太人的全部存款，只准许他们在自己的账号里取出五十美元。从一九三九年九月开始，规定犹太人在晚上八点之后不准上街。从一九四〇年八月开始，犹太人只准在下午的两个小时里去特定的商店买东西。

他们买吃的需要特别的食品券。纳粹不准犹太人购买肥皂、苹果、橘子、香烟、蔬菜、鱼、糖、奶酪、酒、发酵粉等等日常用品。他们的家宅没有任何保障，纳粹可能随时来抄家，只要在搜查中发现拥有这些"违禁品"，比如，搜出一个苹果，就会被逮捕。

一九四二年二月，捷克斯洛伐克的犹太人已经不准上理发店和洗衣铺、不准拥有自行车和乐器。在那一年的八月，纳粹进一步规定，在捷克斯洛伐克的犹太人不得拥有鸡蛋、牛奶、肉、蛋糕和白面包等食品，犹太孩子吃一个鸡蛋，都是违法的。

犹太人被迫离开他们谋生的职业，失去生活来源。他们被迫关闭他们的教堂。街上贴出了一张张的布告，犹太人随之失去一项项的权利。终于有一天，在捷克斯洛伐克所有的学校门口，都贴出通知，犹太孩子不准上学。

一开始犹太人家庭的电话被切断，后来连公共电话也不准他们使用了。在禁止旅行的规定出来之后，他们更是无法逃离。对他们的限制越来越多，一九四一年的犹太人法规，已经列出了对犹太人的二百七十条限制的条文。

对于孩子们来说，他们一开始最不能理解、不能接受的，是他们突然和别的孩子"不一样"了。他们变得孤立，失去了所有原来的小朋友们的友谊。甚至一些孩子开始欺负他们。他们不能明白，他们突然被唾弃，不是因为自己做错了什么事情，而是因为自己出生在一个犹太人的家庭，而这是他们无法选择的事情。孩子都是敏感的，他们变得自卑、胆怯，恐怖像影子一样，紧紧跟随在他们后面。

一九四一年九月，纳粹规定，凡是六岁以上的犹太人，在出门的时候，必须在外衣的胸前佩戴羞辱性的黄色六角星形的符号，中间有表示"犹太人"的字样。犹太民族是深色的眼睛和深色的头发，可是，由于他们长期在世界各个地区、和其他民族生活在一起，也相互通婚，所以，一些有犹太血统的混血儿，在外表看来也是金发碧眼，在容貌上，种族特征并不明显。可是，这些混血儿微少的犹太人血统，假如自己不登记，也会被人们揭发出来。因而他们也必须戴着黄色六角星的符号出门。

胸前的黄色六角星，在捷克斯洛伐克，是一类人被划为"非人"的记号。在大街上，任何一个人都可以欺负、羞辱和殴打这些胸前有着黄色六角星的人。一开始，犹太孩子知道自己不能上学了，觉得很难受，可是，在这种时候他们都暗暗庆幸自己不必去上学。他们感觉，被迫佩戴黄色六角星行走在街上，是在展示屈辱，所有的人都知道，你不再是一个有尊严的孩子，不再是一个勇敢的孩子。你受到逼迫，你没有能维护自己的自尊，而是屈服了。有时候，这种模糊的、对自己感到失望的痛苦，甚至压倒了其他一切感受。

捷克斯洛伐克的犹太人，成了被抛弃的人群，而且是被双重抛弃了。作为捷克斯洛伐克人，他们的国家成为德国侵略者的牺牲品；同时，在德国人宣布犹太人为"劣等种族"的时候，他们的许多捷克斯洛伐克同胞们，也像大多数的德国民众一样，怀着相对的优越感，背弃了他们。这种背弃也隐含着很复杂的人的弱点。一些犹太人过去在事业上成功，比较富裕，就引出人们暗暗的忌妒心；宗教信仰的差别，使得一些信仰其他宗教的人不愿意宽容；在对纳粹的迫害感到恐惧的时候，一些捷克人暗暗地希望，能够另有一个突出的被打击目标，转移纳粹的注意力，这样，自己相对就能更安全；甚至一些欠了犹太人债务的人，庆幸因此可以不必还债；在犹太人被强迫遣送集中营的时候，他们的房子、家具、财产纷纷被邻居侵占；当然，也有一些人，本身就是有欺负和摧残别人的恶意。

平时，人的这些弱点会受到道德和法律的约束，在正常的情况下，社会也会引导人们向往善良，人们会试图努力地反省和克服自己的弱点，让自己成为一个善良的人。而一个变态的社会，会鼓励人们行恶，人的弱点就会在合理的借口之下爆发出来。这是非常奇怪而悲惨的现象，就是很多在纳粹铁蹄下的捷克斯洛伐克人，也充当了迫害犹太人的帮凶。还有一些人，只是出于对纳粹的恐惧，不敢为他们的犹太人同胞说话，也不敢帮助他们。很快，一群特定的人被排斥和迫害的情况，被大家习以为常地接受下来。人们看着一群带着黄色六角星的人被"划出"社会的法律保护，不能再享受"人"的待遇，却默不作声。

犹太人和他们的孩子们，在捷克斯洛伐克变得孤立无援。只有极少数的人冒着危险，向犹太人表示同情，甚至帮助他们。那一点点的温暖，成了犹太人永远不能忘记的记忆。

幸存的犹太孩子琼斯记得，在希特勒入侵的时候，"战争并没有打起来，因为捷克军队接到命令，不要抵抗。纳粹迅速占领了我的家乡。一些人在德军占领的第一天就被抓起来了。不让犹太孩子上学了。一天，我在家附近走着，独自一个人。忽然看到我们三年级的老师穿过马路，向我这边走来。经过我的时候，他飞快地握了一下我的手，说'勇敢些'。他这样做冒了很大的风险。对纳粹来说：一个非犹太人和犹太人说话，就是犯罪了。"

如琼斯的回忆所说，他们只看到情况一天天地坏下去，却"没有人知道下面还会怎么样"。

在德军占领的最初几年里，对于捷克斯洛伐克的犹太人来说，最可怕的，就是琼斯说的，等待未知厄运的恐怖。他们不知道以后还有什么样的事情会发生。家是不安全的，他们甚至不能像野兽那样，有一个洞窟，一个藏身之处，让他们可以相信，只要钻进洞去，就是安全的。任何事情都可能随时发生。他们没有能力反抗，父母也没有能力保护自己的孩子。

终于，从一九四二年二月开始，纳粹开始勒令犹太人离开家，他们将被送往集中营。

这个被遣送的过程令人难以相信。大多数在捷克斯洛伐克的犹太人，不是被一群群德国兵抓走，而是一个个地接到通知，被勒令在某个时候、必须去某个地方报到和集中，然后被送走。也就是说，他们虽然知道，前面等待着他们的是集中营，他们却只能顺从地自投罗网。

纳粹堵死了他们逃跑的路。假如他们不服从，那么，在逃离之后，他们就无处去领食品券买吃的，没有人会收留他们住下，他们犹太人的身份可能很快就会被举报，逃跑几乎等于是立即自杀。

所以，在他们被送往集中营之前，他们已经是住在一个更大些的"监狱"里，是在纳粹严密的控制之下，只是这个"监狱"的围墙是无形的罢了。现在，遣送的通知来了，他们就像一群将被宰杀的牲口，一个一个自己向屠宰场的门走去。没有别的出路。

在通知上，规定每个被遣送的人，只能带上五十公斤东西。在一个指定的日子、指定的时间，去某个地方报到。有很多人在离开家的时候是白天，后来幸存的孩子都记得，他们每个人狼狈地提着一个大箱子，在四邻的注视之下，穿过街道，就像被赶走的罪犯。在他们中途集中的地方，箱子被搜查，所有的现金、值钱的东西，都被收走。他们被勒令交出自己家的钥匙。他们的家，留在家里的一切，再也不属于他们。

在特莱津犹太人囚徒的身后，德国人理所当然地抢劫了他们的财物。有七十七万八千册珍贵书籍，六百零三架钢琴，二万一千条贵重地毯等，被运往德国。其余的住宅、贵重家具和衣物衣料、银器等等，都被纳粹冲锋队员卖掉，中饱私囊。

许多犹太人家庭不是一家家离开的。十一岁的捷克女孩汉娜·布兰迪和她十四岁的哥哥乔治·布兰迪，就是自己去的集中营。这两个生长在捷克一个普通小镇的孩子，他们命运被改变的故事，就是千千万万个犹太人孩子命运的缩影。

二十世纪三十年代，汉娜一家生活在捷克斯洛伐克中部，一个叫诺弗·麦斯托（Nove Mesto）的美丽小镇。汉娜和哥哥是镇上仅有的犹太孩子。可是，他们和其他孩子一起上学，有许多朋友，过得很快乐。他们的父母热爱艺术，为谋生，开着一家小商店。他们很忙，却尽量抽出时间和孩子在一起，那是一个非常温暖的家。

一九三八年，汉娜七岁那年，开始感觉周围的气氛变得不安。父母背着他们，在夜晚从收音机里收听来自德国的坏消息。在那里新上台的纳粹在迫害犹太人。接着，随着德国局部入侵捷克斯洛伐克，迫害犹太人的坏消息也在逼近。一九三九年三月十五日，德军占领了捷克斯洛伐克的整个国土。汉娜一家的生活永远地被改变了。

汉娜一家，和所有的犹太人一样，先是必须申报所有的财产。后来，他们被禁止进入电影院，禁止进入任何运动或娱乐场所，接着，汉娜兄妹失去了所有的朋友。一九四一年，汉娜要开始读三年级的时候，犹太孩子被禁止上学。汉娜伤心的是：我永远也当不成教师了——那曾经是她最大的梦想。

汉娜的父母尽量宽慰孩子。可是，他们知道，事情要严重得多。那年三月，盖世太保命令汉娜的母亲去报到，她离开孩子，再也没有回来。汉娜生日的时候，妈妈从被关押的地方，寄来了特别的生日礼物，那是用省下的面包做成的心形项链。父亲独自照料他们。有一天，他带回几个黄色六角星的标记。他不得不告诉自己的孩子，只要他们出门，就必须带上这个羞辱的标记。汉娜兄妹更不愿意出门了。可是，家里也并不安全。秋天，外面传来一阵粗暴的砸门声，他们的父亲也被纳粹抓走了。留下十岁的汉娜和十三岁的乔治。

他们被好心的姑夫领到自己家里。姑夫不是犹太人，可收养犹太孩子是件危险的事情。他给了这两个孩子最后一段家庭温暖。一九四二年五月，汉娜十一岁，乔治十四岁，纳粹一纸通知，限令他们去一个地方报到，等候遣送。他们还满心希望能够重新见到爸爸妈妈，可是，纳粹把他们送到了另外一个地方。

临走前，汉娜从床底下拖出一只褐色的手提箱。汉娜和哥哥提着各自的箱子，先坐火车，又吃力地步行几公里，从火车站走到特莱津集中营。就在门口登记的时候，纳粹士兵在这个箱盖上写下了汉娜的姓名和出生年月，因为他们没有父母随行，就冷冷地用德语加上一行注释："孤儿"。

那个地方，叫做特莱津。

三

从捷克首都，那个美丽的古城布拉格，再往西北方向走六十公里，就是特莱津。

这里原来是一片风景秀丽的山区，叫波西米亚山。一七八〇年，国王约瑟夫二世，为了防御北方的敌人，保护布拉格，就在这片山里建立了一个军事要塞。国王以他母亲的名字命名了这个要塞，它从此被人们叫做特莱津。

渐渐地，在宁静的和平时代，这个军事要塞失去了它的防卫作用。军队撤离，平民搬进来，住下去，特莱津变成了一个普通小镇。在小镇里，有着一些宽宽大大、像宿舍一样的楼房。那是以前国王的士兵们居住的营房。这个小镇一家一家地居住着共六千个普通捷克人。后来的特莱津其实是由两部分组成，老要塞旁边是一条河流，河对岸是一八八二年建立的一个小城堡，它被城墙围得固若金汤，叫做"克莱·费斯屯"。

特莱津一直保留着它独特的军事城堡的结构。非常容易封锁和看守。于是，在一九四一年十月十日，它被纳粹看中，当做囚禁犹太人的集中营。因为它的整体结构是封闭的，只要有很少的人力看守出口，它就可以是一个大监狱。而那些十八世纪的老兵营建筑,可以成批地挤入囚徒,很容易管理。

建立特莱津集中营的目的,比一般的纳粹集中营更复杂。

在特莱津建立集中营之前,纳粹在捷克、波兰和其他地方,相继建立了许多集中营。当时,纳粹已经在一些欧洲战场借战争掩护,以战争误伤为借口,开始屠杀犹太人。但是,欧洲的犹太人中间又有大量知名人士,如著名的政治领袖、社会活动家、科学家、艺术家、学者等等。他们的声誉等于使他们在国际社会被"挂了号"。纳粹有碍于国际压力,一时并不想杀了这些人,而且还想利用他们的生存,为自己"并没有迫害犹太人"作宣传。可是他们又必须控制住这些人,不让他们代表犹太人向世界揭露真相、发出自己的声音。因此,纳粹需要一个条件相对好一些的集中营,来囚禁这批犹太人中的知名人士。

纳粹把特莱津原来的居民全部迁走,用德语重新命名了这个小镇,从此,捷克小镇特莱津,就变成了集中营"特莱西恩施塔特"。

在这里,我还是叫它原来的名字:特莱津。

于是,纳粹对当时捷克斯洛伐克的犹太人政治领袖说,要为他们建立一个"犹太人自我管理"的城镇。德国人将不干预他们,只要他们在那里"不制造麻烦",他们将可以获得一个正常的生活。并且要求犹太人领袖组织一批建筑师和艺术家,把原来镇上的房子,在内部改造,使它们成为能够容纳原居民十倍以上人口的所谓"集中居住区"。为了把这个谎言编得更像是真的,纳粹甚至在德国出售特殊身份犹太人移居特莱津的

"特权"。例如，在第一次世界大战中为德国战斗过的犹太人老兵、和雅利安人通婚的犹太人、原为政府官员的犹太人，等等，纳粹宣称，这些人只要交出几万马克，就可以获得准许移居这个犹太人"模范居住区"。

当时在德国和捷克斯洛伐克的犹太人，在社会上几乎已经没有立足之地。一开始，在绝望之中，他们宁可相信一个谎言，宁可离开家，到一个只有犹太人的地方，和周围羞辱迫害的环境隔离开来。他们把特莱津幻想成一个可以躲藏的洞窟。因此，最初的一些犹太建筑师和艺术家三百多人，大多数是自愿地带着家属，来到这里改建特莱津。他们一点也不知道，一个针对犹太人的更大阴谋，正在进行之中。他们是自投罗网了。

在这些犹太人改建特莱津的时候，德国正在入侵苏联。侵苏战争是在一九四一年夏开始的，在纳粹的正规军后面，还跟了一支特种部队，他们不是去和苏军打仗，而是趁着战乱，去专职屠杀普通的犹太人。光天化日之下，趁着战火硝烟的掩护，特种部队见犹太人就杀。在一九四一年七月到十二月的半年之中，一共杀死了将近八十万犹太人，包括大量的妇女儿童。

这种有意的、假借战争机会、大规模对无辜平民进行种族屠杀的暴行，引起了国际社会的强烈反应。由于屠杀的人数太多，很难彻底隐瞒和自圆其说。因此，希特勒决定换一个方式。

一九四一年底，希特勒作出了"最后解决"犹太人问题的决定。这是一个灭绝人性的决定。虽然希特勒和纳粹公开宣扬他们的"种族理想主义"，"雅利安人纯化运动"是"科学的"、是正确的,可是,他们在内心深处,并非不知道自己是在犯罪。

因此,一方面,如冲锋队的领导人希姆莱在宣扬着纳粹的"理想主义正义",在一九四三年十月四日的一次对内部军官的讲话中,希姆莱说:"杀死犹太人对我们是一个惊心动魄的任务。只有冲锋队才能够面对成百上千的排列的尸体。这是我们的历史从来没有被书写过的光荣的一页。……我们有这样的道德权利,去摧毁那些会摧毁我们的人。"另一方面,这样直接涉及种族谋杀的"光荣"、"道德"宣讲,纳粹从来不敢公开地对外宣讲。希特勒和纳粹,从一开始就在刻意掩盖这个杀人计划。他们把这个计划列为纳粹最高层的秘密,只有少数人知道。尽管如此,他们还是很不放心,对整个种族的屠杀,他们用了一个含含糊糊的词,"最后解决",自始至终不提"杀人"二字。计划的具体执行,就交给了希特勒最忠实的冲锋队。

在一群科学家和技术人员的帮助下,纳粹开始试验,以什么样的方式,可以用最快的速度大规模地杀人。根据试验的结果,他们选定了一种毒气,开始建立一批有毒气室、焚尸炉以及和这样一整套"先进杀人设备"相结合的死亡集中营。这些死亡营都在东欧偏僻的地方,波兰的奥斯威辛集中营,就是其中最著名的一个。

犹太人,那是整整一个民族,分散在欧洲和世界各地。仅欧洲就有一千八百万犹太人,纳粹当时在欧洲占领了大片土地,占领区的犹太人,就像在捷克斯洛伐克的犹太人那样,都在纳粹的杀人计划之内。因此,那是一个非常庞大的计划,具体执行并不那么容易,他们必须一步步有计划地走。

在捷克斯洛伐克,纳粹也需要一个集中犹太人的中转站,在东方死亡营来不及"处理"的时候,作为一个等候之处;同时,虽然希特勒宣称,犹太人集中居住只是战时措施,是为了他们的安全,并且宣称他们在集中营过着幸福生活,国际红十字会等中立机构,还是要求视察和调查。所以,纳粹确实需要一个遮人耳目的样板。于是,正在改建中的特莱津,仍然是纳粹集中营之中非常特别的一个。它是纳粹的"模范集中营"。

特莱津的改建刚刚开始,对犹太人的灭绝计划就已经制订出来。因此,纳粹在特莱津,已经懒得再重复什么"犹太人自治小镇"的谎言了。改建和居住还没有安排好,大批犹太人已经被强令迁入。那些最初自愿来参与建设"犹太人自治镇"的几百名犹太人和他们的家属,眼看着冲锋队和纳粹手下的捷克士兵封锁了小镇,他们也从此成为特莱津的囚徒。

进入集中营的犹太人被勒令交出身份证,他们不再有名字,而是每人有了一个编号。此后,在点名的时候,他们每个人,只是一个数字。在一些集中营,德国人甚至把这个数字烙在他们的手臂上,终生无法抹去。

苛严的规则在日日更新。男人和女人不得随便会面,不准给外面写信,不准抽烟,轻微的犯规就要被处罚,等等。而改建的食堂没有足够的餐具,诊所没有医疗设备,没有日用品,甚至连水都不够。

不仅如此,一九四二年年初,囚徒们刚刚进来,纳粹冲锋队为了在小镇上表示自己的权威,决定杀鸡儆猴。纳粹规定特莱津戒严,不准囚徒们给外面的亲人写信。因有的囚徒试图偷偷地传信出去和自己的妻子联系,被宣布违反"戒严令",一九四二年一月和二月,纳粹分批对违规者处以绞刑,当众绞死了十六名犹太人。当然,这些情况都严格地对外封锁。

"自治小镇"的承诺还没有开始,就被残酷的杀戮粉碎了。纳粹迫不及待地露出了他们的狰狞面目。十六个犹太人的牺牲成为特莱津的一个转折点。同时,在一九四二年一月,特莱津发出了第一批向"东方"死亡营遣送的囚徒。特莱津作为死亡营中转站的性质被事实确定下来,到一九四二年十月,已经有八千名特莱津囚徒在遣送之后,被送进了毒气室。

可是纳粹还是要维持一个"模范集中营"的假象。本质上,特莱津和其他集中营一样,是被纳粹的冲锋队紧紧控制在手里,他们制定了所有的规则。可是,纳粹有意使得特莱津在表面上有一些不同。例如,在集中营大墙内部,大多数士兵都是纳粹挑选的捷克斯洛伐克人,而不是德国纳粹的冲锋队员。在表面上,营内没有德国士兵。营内曾经容许挂有犹太人的宗教画:圣徒摩西举着"十诫"。甚至,一度还发行过营内的货币,有过小商店。有人曾经想开始印一张公开的小报,可是经纳粹检查之后,立即被勒令停办了。在宿舍安排、劳工人员安排等一些具体事务中,在名义上,不是纳粹,而是由一个犹太人委员会管理安排。当然,委员们自己也是囚徒。

特莱津的犹太人知道,这是一个残酷的生存状态。委员会为改善他们的状况，已经尽了最大的努力，可是，他们无力改变集中营的根本性质。每次纳粹要向死亡营送囚犯，就给委员会下达一个遣送数字。强迫这个犹太人自己的委员会定出一个名单，并且公布这个名单。虽然，死亡营本身还是一个秘密。可是，所有的人从一开始就知道，遣送的目的地，比特莱津一定糟糕得多，生存的可能也要小得多。

即使在特莱津这个"模范集中营"，纳粹也根本不打算对犹太人提供最基本的生活条件。这个原来容纳六千人的小镇，被纳粹关进去六万五千名犹太人。小镇挤进了十倍以上的常住囚徒，在这个集中营存在的两年多时间里，还有近十万的囚徒被临时安排在这里居住，然后再被送往死亡营。因此，这里永远是拥挤的。

对外的欺骗却还在继续。在德国，纳粹对绝望的犹太老人说，他们只要签字放弃他们的一切财产，就会被送往一个条件良好、能够安享晚年的"老人之家"。可是，在失去一切之后，老人们被带到特莱津，睡在拥挤不堪的地板上，食品、药物、生活用品，甚至水和新鲜空气都是缺乏的。

成年人在这里都非常难熬，老人就更难了。他们在恶劣的条件下很快病倒，没有亲人在身边照料，只能躺在空气浑浊的天棚里等待死亡。在短短三年的时间里，不算那些被送往死亡营的人们，仅仅由于饥饿、冬天的寒冷、疾病得不到治疗，就有三万三千四百三十名囚徒，死在特莱津。

一九四三年年底，特莱津的冲锋队负责人换了一个，新来的安顿·伯格(Anton Burger)要求严格管理。他来了之后，注意到特莱津集中营曾经在不同的时间，有过五十五名囚徒逃亡。他怀疑特莱津的犹太人委员会提供的囚徒人数是虚假的，因此，在一九四三年十一月十七日，安顿·伯格不顾囚徒的死活，要求当时特莱津的四万多名犹太人，全部在冲锋队的押解下，在特莱津外面的一块空地上接受全体点名。天寒地冻，从清晨七点开始，一直站到半夜。没有食物，没有水喝，也不准上厕所。老人、病人、孩子，都被迫站在那里。过了半夜之后，囚徒们被容许回到特莱津的住处，就在那一天，在点名的空地上，留下了三百多具囚徒的尸体。

天天在埋人。在死亡人数上升到每天一百三十人的时候，管理集中营的纳粹军官只说了一句，"一切正常"。最开始，死者还有一个木箱子作为棺材，很快，死去的人就只是被草草地集体掩埋。最后，实在来不及处理，纳粹就在特莱津建造了一昼夜能够处理一百九十具尸体的焚尸炉。

虽然在镇里的是捷克士兵，可是，德国人的纳粹冲锋队就驻扎在不远的地方。河对岸的那个小城堡克莱·费斯屯，被冲锋队用做特莱津附属的特殊监狱。任何人违反了"纪律"，都会被抓进克莱·费斯屯，纳粹在那里以苦役和酷刑对待囚徒，进去的囚徒不是在里面死于酷刑，就是在奄奄一息的时候，被送往东方的死亡营。很少有人能够活下来。

因此，即使冲锋队员不亲自在特莱津街头巡逻，他们投下的死亡阴影，仍然密密地笼罩在集中营的上空。每个来到特莱津的囚徒,包括孩子,首先得到的警告,就是要小心这里的种种规则禁令,违反一条小小的规则,都会有生命危险。

除了有犹太人被送来和送走,出口永远是封锁着的。被关在这里的,除了捷克斯洛伐克的犹太人,还有来自德国、丹麦、匈牙利、奥地利、荷兰等其他欧洲国家的犹太人。在他们中间,有过一万五千名犹太儿童。

可以想象,死亡率最高的是老人,风烛残年,他们经不起折腾了。可是,在心理上受到冲击最大,应付灾难的能力最差的,是来到特莱津的一万五千个孩子。在进入特莱津的时候,一些孩子像汉娜和她的哥哥乔治一样,父母已经被纳粹送往死亡营。他们是孤单地自己来的。也有一些孩子,是和父母一起来的。可是,一进来,根据纳粹的规定,只要是八岁以上的孩子,他们就被迫和父母分开。在特莱津,男人、女人、男孩、女孩,都被迫分开居住。

每次有囚徒来到特莱津,只要有孩子,就会听见哭声,那是孩子们从父母、哥哥、姐姐身边被带走时发出的。汉娜来的时候,也经历了这样可怕的时刻。父母被遣送之后,哥哥乔治是她唯一的感情依靠和亲人,当她到达特莱津的那天,被迫和哥哥分开的时候,她惊吓得大声哭叫。从此,他们所有的人,大人和孩子,都不再有一个家,只有"集体"。在居住区的三年里,汉娜和哥哥眼看着他们年老的外祖母也从布拉格被抓来,又很快在特莱津恶劣的生活条件下死去。

犹太人委员会无法改变冲锋队的规定,他们没有能力给孩子们一个正常的家庭生活,可是,他们尽可能让孩子们住好一些的房子。孩子们仍然住得很挤,二十到四十个孩子住一间屋子,房间里挤满了两层、甚至三层的架子床。很多男孩只能两个人挤在本来只能睡一个人的板铺上。到处是臭虫、虱子和跳蚤,冬天没有足够的毯子。这些孩子,平时饿,冬天冷,营养不良,生病,想家。几年来,很多孩子已经被生活中发生的一连串事情给吓坏了。他们只有恐惧,却忘记了什么是快乐。他们每个人都有属于自己的一段特殊的经历。

例如,在一九四三年的夏天,有整整一火车的犹太孩子被运到特莱津。一共有一千二百个孩子,从六岁到十五岁。他们活像是一群饥饿的幽灵,在冲锋队的枪口下,从车站被押进特莱津的灭虱站。他们大多数都光着脚。这些孩子到达特莱津的时候,仍然惊恐万状。只有少数孩子说出了他们的来历,他们都是从波兰的"比亚利斯多克集中营"被转送来的。冲锋队枪杀了他们的父母,不知为什么暂时留下了他们。他们中的许多孩子,由于斑疹伤寒,不久就死在特莱津。剩下的也在六个星期之后,被转送到奥斯威辛集中营杀害了。

孩子们或许在这里住两三年,或许只有几个月,像在命运的水流上漂浮的树叶,在特莱津,就这样走过了像汉娜和她哥哥乔治这样的一万五千个孩子,他们的命运吸引了集中营里的成人囚徒的目光。

在非常时期,在危险之中,有一些成年囚徒虽然对未来十分悲观,不相信自己能支撑着活过这场灾难,活到战争结束;

他们和大家一样,沉浸在失去亲人家庭的痛苦之中,几乎无力自拔。他们前景灰暗。可是,看到这些孩子,他们暂时放下自己的不幸,暂时忘记了飘荡在自己头上的死亡阴影。

他们是谁?

四

来到这里的孩子们一开始并不知道,特莱津也囚禁着许多一流的艺术家、音乐家、学者和教授。他们和孩子们在特莱津相遇。

这些成年人开始想,应该如何帮助这些孩子度过非常岁月?他们也在想,在这样的时候,我们作为成年人,要对孩子说些什么?他们甚至想到,我们也许无法活过这场战争,他们却可能活下来,未来属于他们,在未来的生活中,我们今天怎么做,对孩子才是最好的帮助?

犹太人被关在特莱津,走不出去。可是,作为所谓"模范集中营",在特莱津内部,他们有一定程度的自我管理。最先关注这些孩子的,是集中营的犹太人委员会。他们在最困难的条件下工作,必须在纳粹给出的最苛严的生存状态的缝隙中,给孩子们的生活一些改善。

在特莱津,当孩子们来到的时候,犹太人委员会有过一次非常困难的讨论。就是如何使得孩子们在集中营的生活变得容易一些。讨论之所以是艰难的,是因为整个特莱津集中营的资源不仅是有限,而是严重缺乏。假如你给孩子多一点居住空间,就意味着本来就已经非常拥挤的成人居住区，要变得更为拥挤。假如你要给孩子们多一口吃的，那么，原先已经处于饥饿状态的成人们，就要再被扣去一份口粮。许多成人由于年迈，由于疾病、营养不良，生命都已经变得十分脆弱，他们本来就挣扎在生与死的临界线上，对孩子们的照顾，很可能就意味着要以一部分成人囚徒的生命作为代价。他们除了生命，已经一无所有。

这样的情况也发生在其他一些以居住区的形式建立的集中营。在波兰的华沙集中营，他们的犹太人委员会主席是一个著名的儿童教育家，在战前出版过许多儿童著作。他尽了自己最大的努力，还是不能改变犹太儿童在华沙集中营的悲惨境遇，最后，他只能以自杀作出抗议。

在特莱津集中营的犹太人委员会担任第一任主席的，是一个三十多岁的年轻人，雅各布·爱德斯坦（Jakub Edestein）。他坚持要给孩子优惠的生活条件。他最终说服了那些一开始下不了决心这样做的委员们。爱德斯坦的优惠儿童的措施，最终在吃、住、活动等各个领域里，都落实了。

在特莱津，犹太人委员会先给孩子们争取更多的活动自由。成年和少年囚徒，白天都必须劳动，可是年幼儿童还不能劳动，也就缺少了户外活动的机会。一开始，许多年幼的孩子除了领三餐饭排队去食堂的时间，纳粹规定他们不准走出宿舍楼。特莱津的犹太人委员会对纳粹强调，让孩子有一定的活动，比一直憋在屋里更容易管理。他们利用纳粹也怕出乱子的心理，争取到了一些改善的条件：纳粹同意了犹太人委员会的安排，让一些年轻的犹太人囚徒，和孩子们住在一起，管理和照顾他们的日常生活。经过争取，也能够安排一些囚徒，以消磨时间为理由，带领孩子做游戏、唱歌。在将近一年以后，容许孩子们有一定时间的户外活动。同意男孩在户外游戏时间可以踢球。

虽然，在生活上，孩子们相对得到了照顾，可是，雅各布·爱德斯坦知道，在囚禁中的孩子们的眼睛里，有时闪烁着一种异常的眼神，有许多没有问出来的"为什么"，却没人能够回答他们。孩子在夜半醒来，他们在空洞的黑暗中睁大眼睛，在寂静中发出轻轻的啜泣声，却没有人能够安慰他们。他知道孩子们的心灵变得超越年龄地复杂起来，可是没有一本心理学的教科书，能够化解犹太孩子的心灵悲剧。

在竭力照顾孩子们生活的同时，他们几乎是本能地，开始考虑孩子们的教育。他们要把知识、艺术和良知，交给孩子，让他们的灵魂得到支撑。可是纳粹严禁对孩子进行任何教育。于是，他们只能利用一切可能的机会，甚至违反禁令。他们把一些教师安排为宿舍的管理员，这样，就可以在带领孩子做游戏的时间里，悄悄地给孩子上课。

幸存的孩子们至今对雅各布·爱德斯坦、对教师们、对关心他们的大人们怀着感恩的心情。是这些大人们，在把生的希望尽可能地留给他们，也在尽可能地保护他们年幼受伤的心。虽然，爱德斯坦和犹太人委员会，并不能真正保护孩子们免受伤害，因为他们也无力保护自己免受伤害。

一开始，犹太人委员会竭力争取一个年龄的界限，保护十二岁以下的儿童不被遣送去东方，可是在一九四四年，甚至连婴儿都不能免于被遣送的命运。雅各布·爱德斯坦自己，也在一九四四年被送往奥斯威辛，被杀死在那里。他自己也只是一个集中营的囚徒。可是，幸存的孩子们，在长久地怀念着他，记得他短短的、有点乱乱的头发微卷着，记得他圆圆的脸，戴着圆圆的玳瑁眼镜。他的眼睛很温和，却总是显得忧郁。

犹太人委员会和艺术家们，还利用向纳粹争取来的带领孩子唱歌的机会，不仅使歌唱平衡和安慰孩子的心灵，还把它变成音乐课、艺术课和提升精神力量的教育。囚禁在特莱津的音乐家，甚至为孩子们排练了儿童歌剧。其中最著名的一个歌剧，叫做"布伦迪巴"。

歌剧《布伦迪巴》的作者汉斯·克拉萨（Hans Krasa），是著名的音乐家，他于一八九九年十一月三十日，出生在布拉格一个德国籍的犹太律师家庭。汉斯·克拉萨从小就表现出很强的音乐天赋，在幼年，他就能够模仿莫扎特的风格作曲。在十一岁那年，他创作的管弦乐曲在当地演出。一九二七年，他创作的交响乐已经由捷克交响乐团在首都布拉格上演。

汉斯·克拉萨在布拉格参加了一个德国籍的知识分子团体。他们的宗旨是：持人道主义的立场，反对盲目的（对德国的）爱国主义，对他们居住的、看作是自己家乡的捷克斯洛伐克作出自己的一份贡献。他热忱地投入音乐创作，各种形式的作品不断上演。一九三三年，他的一个歌剧获得了捷克斯洛伐克国家奖。

在纳粹德国占领了部分捷克的时候，在布拉格的九十万人口中，有五万名像汉斯·克拉萨这样的德国人。

作为被纳粹迫害的犹太人的一员，汉斯·克拉萨很自然地参加了一个组织，那是由反法西斯的艺术家和布拉格犹太人孤儿院联合组成的。就是在那个时期，他为这个孤儿院写了一部儿童歌剧《布伦迪巴》。这个歌剧就是在布拉格犹太人孤儿院首演的。这也是汉斯·克拉萨在被纳粹逮捕之前写的最后一个作品。一九四二年八月十日，他被送进特莱津集中营成为一个囚徒，他和所有的囚徒一样，失去自己的名字，被编号为21855。

在恶劣的环境中，在死亡的阴影下，汉斯·克拉萨继续着自己的音乐创作。一九四二年，他用一个钢琴谱，重新为他的儿童歌剧《布伦迪巴》配器。他梦想着让集中营的孩子们也能走上舞台演出。

纳粹为了应付国际舆论和国际红十字会的检查，必须有一些"宽松"的假象。一九四四年还在特莱津拍摄了一个虚假的纪录片，把特莱津描绘成一个送给犹太人的"礼物"。犹太人委员会和艺术家们，利用这个机会，为孩子们争取到了《布伦迪巴》上演的许可。

带着孩子们演出的，是当年首演《布伦迪巴》的布拉格犹太人孤儿院院长的儿子鲁道夫·弗勒丹菲尔。他还清楚地记得歌剧在孤儿院上演时的盛况。在他和艺术家们的共同努力下，最终，《布伦迪巴》在特莱津集中营上演了。演员都是作为囚徒的儿童，一共演了五十五场。今天的人们发现，身为囚徒的作曲家，依然长着幻想的翅膀，汉斯·克拉萨新谱写的歌剧，甚至有着二十世纪现代音乐的审美感觉。

《布伦迪巴》讲述的是善良战胜邪恶的故事：有两个孩子，进城去为生病的母亲寻找牛奶。他们很穷，没有钱买牛奶，就决定在大街上卖唱。他们动人的歌喉吸引了市民，可是，一个邪恶的手风琴手布伦迪巴，却不准他们唱歌。说那是他的地盘，只有他才能在这里卖艺。他驱赶着那两个孩子。他们害怕地躲在小巷子里。这时，一只小猫、一条小狗和一只小麻雀来帮助他们，叫来了很多孩子。两个孩子鼓起勇气，再一次在广场上歌唱，市民们给他们钱，布伦迪巴无法阻挡他们，就试图偷走他们的钱，可是，他终于被抓住、被警察带走了。最后，孩子们一起唱起了战胜邪恶的布伦迪巴的歌。

就在这五十五场演出期间，向着东方死亡营的遣送还在进行。一些孩子演员演了一半，被送走了。新的孩子接上来演，他们不仅在歌唱，他们也在表达对善和美的坚持和追求。台下的孩子们也在心中一起唱着，那些小小的灵魂显得那么美丽，他们在告诉这个世界，有一些东西，是纳粹和一切邪恶势力都试图摧毁、却永远也无法摧毁的。

一九四四年十月十六日晚上，汉斯·克拉萨从特莱津被送往奥斯维辛集中营，被谋杀在毒气室中。可是，汉斯·克拉萨和特莱津艺术家在孩子们心中点亮的烛火，却依然留在人间。

十一岁的汉娜·布兰迪和她十四岁的哥哥乔治·布兰迪，当时分别住在女孩的宿舍L410，以及男孩的宿舍L417。在那里，他们分别遇到了最杰出的艺术家和学者。

乔治·布兰迪所住的宿舍L417的一号房间，是由凡特·艾辛格（Valtr Eisinger）教授管理的。犹太人委员会把他派到男孩宿舍做管理员，就是希望孩子们能够得到一个教师。事实上，艾辛格教授不仅担任教师，还以他特有的热情，在一个沉闷的环境中，激发了孩子们自己都没有意识到的想象力和创造力。

艾辛格教授平等地对待孩子，让他们觉得，自己已经开始长大，能够思考和承担起自己的命运了。幸存的孩子们回忆说，艾辛格教授是很有自己见解的人，可是，他从来不把自己的想法强加给孩子。一方面，他把他们"当作大人"，设法给孩子们带来一个个持有各种不同观点的教授和学者，让他们悄悄地给孩子们作讲座，就在集中营里，智慧的种子在孩子们的心里发芽和生长。另一方面，他总是对孩子们说，在你们这样的年龄，不要过早地形成一种固定的看法。在形成观点之前，你们先要做的，是吸取大量的知识。

十四岁以上的孩子已经要干活儿了。可是，艾辛格教授总是安排出时间让他们上课。他带着教师们潜入孩子们的宿舍。后来，德国冲锋队开始突击检查孩子们的住处。他们把课堂移到了阁楼上。每堂课，总有望风的孩子守候在窗口，以防冲锋队的突然袭击。在L417宿舍的男孩们，上着数学、地理、历史，还有犹太民族的语言希伯来语的课程。在他们的教师中，有著名的捷克作家，卡瑞尔·珀拉克（Karel Polacek），他在一九四四年十月十九日被遣送往波兰的死亡营,再也没能回来。

艾辛格教授生于一九一三年,在被送到特莱津的时候,他只有二十九岁。他宽宽大大的额头,瘦瘦的,有神而快乐的眼睛。幸存的孩子回忆说,艾辛格教授自己就像一个顽皮的大孩子。他就像是"我们中间的一个"一样和孩子们一起踢球。他常常给孩子们讲一个孤儿院的故事,那个孤儿院是由孩子们自治的,他使得孩子们都对"自治"的生活入了迷。他们开始把自己的宿舍集体叫做一个"孩子共和国",选出他们自己的"政府",一个孩子成为政府的主席,开始了他们自己创造的"孩子共和国的故事"。其中,最令人难以相信的,就是一号房间的孩子们,还办了一份地下杂志:《先锋》。

这份杂志刊载孩子们自己的诗、文章,还有人物专栏"我们中间的一个"。杂志有孩子们自己设计的封面,和自己画的插图。当然,在纸张都是违禁品的集中营,他们只是小心地抄写、粘贴出这独一份的手工杂志。那是一份"周刊",像模像样,他们还在封面上写上"定价",就像是一本"真的"杂志。在完成之后,他们骄傲地在星期五的晚上,给孩子们朗读杂志的内容,他们小心地翻阅,然后宝贝似的珍藏起来,一期,又一期。

在《先锋》杂志上,还有"文化报告"。在一个"文化报告"中,小记者报道了一个犹太囚徒,奥地利盲人艺术家布瑟尔德·奥德纳(Berthold·Ordner)来到孩子们的宿舍,给他们带来了几件艺术品,那是他在集中营用捡来的废铁丝,精心制作的动物和人物造型。小记者写道:"那真是了不起,一个在二十五年前失去视力的人,能够顽强地记忆,记住动物和人的形体,还能如此精确和写实地用铁丝把他们塑造出来。"报告还记述了他给孩子们作的精彩艺术讲座。他的创造力,他顽强的生命力,都给孩子们留下了深刻的印象。

一个孩子在杂志上写道:"当世界上别的孩子都有他们自己的房间,我们只有'30厘米×70厘米'的一个床位;别的孩子有自由,我们却生活得像是被锁链拴住的狗;当他们的衣柜里塞满了玩具的时候,我们在争取让自己的床头有一小块遮蔽的空间;你要知道,我们只是孩子,就像世界上其他地方的孩子一样。或许,我们更成熟一些(这要感谢特莱津),可是,我们也是一样的平常孩子。"

孩子们坚持一周一周地"出版"他们的杂志,因此留下了最宝贵的历史记录。从一九四二年十二月十八日,到一九四四年七月三十日,《先锋》杂志"出版"了总共将近八百页。杂志留下了孩子们的诗文,诗文留下了他们的感情和记忆,留下了他们特殊的童年。

这些孩子们的教师都有自己的故事。艾辛格教授有一个心爱的未婚妻。在他被遣送特莱津之后,她最后也被送到特莱津。在那里她也参加了照顾幼小孩子的工作。一九四四年,就在最后的日子里,特莱津将要面临大批遣送的消息传来。

由于担心遣送会把他们分开。他们决定在特莱津集中营结婚,期待婚姻关系使得他们在被遣送时,能够不分开。一九四四年六月十一日,他们在集中营结婚。那是一个令人终身难忘的囚禁中的婚礼。他们不想惊动别人，就一直瞒着这个决定。可是，艾辛格教授的孩子们，还是知道了这个消息。他们也瞒着老师，偷偷准备礼物和庆祝。特莱津没有鲜花，孩子们请每天去大墙外面干活儿的农工，偷偷运进了一些花朵。他们又一起省下口粮，请食堂偷偷地做了一个象征性的"蛋糕"。他们还想方设法找到一支钢笔，作为给老师的结婚礼物。艾辛格的妻子回忆说，他们经历了最感动的一刻。

婚后不久，大遣送就开始了。艾辛格的妻子坚决要求和丈夫一起被遣送。他们经历千辛万苦的旅途，抵达奥斯威辛集中营。到达的当天，那里的惨状就窒息了他们生存下去的希望。他们看到饿得骨瘦如柴的囚徒们，他们无力地做着手势，祈求新来的囚徒，扔给他们一点食物。有一个人看不下去，就扔了一点食物过去。一个年轻的女孩跑出来捡，被冲锋队员当场一枪击倒，只见鲜血从她的脸上流过。这就是奥斯威辛。

他们抵达的当天就被分开，艾辛格教授的妻子很快又被送到另一个集中营服劳役。

从此，她再也没有见到艾辛格。

五

乔治·布兰迪在集中营里最牵挂的，就是他的妹妹汉娜。因为父母被遣送走的时候，他答应过爸爸妈妈，他要照顾好妹妹的。可是，在他们被遣送到特莱津的时候，他发现自己能够为妹妹做的事情很有限。汉娜住在另一栋楼，那是女孩子的宿舍L410。汉娜·布兰迪只有十一岁，她几乎无法从眼前一连串发生的事情中恢复过来。爸爸妈妈没有了，哥哥也很难见到。可是，她还算是幸运的，就像哥哥遇到了艾辛格教授一样，在L410宿舍，她遇到了一个同是囚徒的女艺术家，一个儿童教育家，她的名字是，弗利德·迪克－布朗德斯（Friedl Dicker-Brandeis）。

弗利德是特莱津集中营里的艺术家兼儿童教育家的一个典型。

一八九八年七月三十日，弗利德出生在奥地利的维也纳，一个普通的犹太人家庭。在她四岁的时候母亲就去世了。她是由父亲带大的。在弗利德成长的十九、二十世纪之交，她的家乡正处在黄金时期。弗利德从小就迷上画画儿。当时的维也纳是欧洲的文化中心。在那里，一个普通孩子如弗利德，可以尽情享受视觉愉悦、心智健康的丰富多彩的生活。公园、咖啡馆里常常在举行音乐会和诗歌朗诵。她不用买门票，就可以整日流连在艺术历史博物馆和名家对视。她也可以久久地坐在书店里，从那些昂贵的艺术书籍上，把自己喜爱的大师作品，临摹在小本子上，不会受到干涉。第一次世界大战之前，维也纳祥和优雅、富于创造性的文化氛围，给弗利德的一生，留下了深深的印记。

第一次世界大战开始的时候，弗利德十六岁。幸运的是，她能够避开战火，按照正常轨迹入学，经历了第一次正规的艺术训练。她选择了摄影专业。在那个年代，女孩子选择这个专业的,还非常罕见。两年中,她师从摄影大师Johannes Beckmann,训练着自己的技能和专业的艺术眼光。弗利德倾向于哲学思考的习惯,使她有些早熟,也使她的艺术气质没有在一开始就发酵成泛泛的激情。她的思考习惯,还来自于性格上和人生经历中的早年独立。

一九一五年,十七岁的弗利德成为Franz Cizek的学生。他所注重的艺术教育改革,是激发人的未经雕琢伪饰的艺术活动。在Cizek看来,绘画只是一种表现内心的形式。来到课堂上,他常常对弗利德和她的同学们这样宣称,"今天,让我看一看你们的灵魂!"Cizek的艺术教学改革,给了弗利德巨大的影响。当然,弗利德自己独立反叛、自由散漫的个性,富于创造力和穷根究底的思维习惯,也非常适合于接受当时艺术哲学领域的新兴探索。

二十一岁的弗利德被带进了赫赫有名的"包豪斯"。包豪斯只是一个工艺美术学校,它是开创现代建筑的四位大师之一格鲁皮乌斯(Walter Gropius)在德国魏玛创办的。那是一九一九年,第一次世界大战刚刚结束。

创新的包豪斯是要打破美术和手工艺之间的藩篱,也要把建筑和手工艺结合在一起。它既要学生有抽象思维能力和丰富的艺术想象力,又强调学生有动手实践的能力,甚至要有制作各类产品的能力。它培养了一大批具有现代艺术眼光的设计师,成为随之而来的现代建筑、手工艺设计和工业设计的中坚力量。包豪斯是如此令人耳目一新,对许多学生来说,这种风格又会成为一种负担,成为一种难以超越的影响。后来的人评价说,弗利德大概是很罕见的既能够消化包豪斯,又真正能从包豪斯"走出去",重新认识自己、确立自己艺术个性的"包豪斯人"。离开包豪斯以后,弗利德开始了自己的事业。她和合作伙伴一起建立设计工作室,在包豪斯风格中糅入了维也纳风情,她的设计从建筑、家具,到手工业产品都有,工作室的事业十分兴旺。

一九三一年,三十三岁的弗利德受维也纳市政府的邀请,从事一份向幼儿教师教授艺术课程的工作。对弗利德来说,创作的成功,并非是她寻求的艺术生涯的全部,这份工作才是她内心真正企盼的机会。弗利德是一个画家,她更是一个思想者。对她来说,探索艺术发生和生长的哲学,是她艺术实践中无法分离的一部分。也许,这就是她接受的早年教育中,大师们留下的痕迹。

她全身心地投入新的工作。她的授课,全都用自己最出色的作品来示范表达。这工作简直就是为她的理想而量身打造的——她的教学对象是幼儿教师,她不是在教学生画画,而是在教育艺术老师,让他们理解如何给孩子们作艺术启蒙。这是她期待已久的挑战。教学在逼着她进一步地思索心理、哲学和艺术的相互关系。她在自己的精神家园里乐不思蜀。她的学生们回忆说,没有人能够如此启迪他们对艺术的理解力。她教给学生的,是体会艺术如何萌芽,如何像一根竹子一般,先是冒出笋尖,然后,它生长、生长,终于,缓缓地展开它的第一片纯净的绿叶。

可是,这样平静愉悦的教学生涯并不长久。

二十世纪三十年代初的奥地利,右翼势力已经很强。一九三三年,希特勒在德国掌握政权。他领导的纳粹,也就是所谓的国家社会主义党,丝毫不能容忍思想和表达的自由,哪怕那是艺术领域的自由。因此,希特勒一上台,包豪斯立即被封闭了。

一九三四年一月,奥地利的右翼应声而起,在维也纳引发暴乱。就连弗利德当年设计的作品也被大量捣毁,她设计的建筑也被拆除。

在弗利德的朋友圈子里,每天都在这样的选择中挣扎:是留在那里与法西斯斗争,还是逃离奥地利?对当时的弗利德来说,她认为逃离是羞耻的。弗利德帮助朋友们在画室藏匿了一些私人文件。可是有一天,她的工作室遭到搜查,搜出了一些假护照。她马上被逮捕了。在令人目盲的强光下,她在审讯中保持了沉默。最后,法庭没有给她定罪,她被立即释放。一出监狱,她随即离开维也纳,前往捷克,前往布拉格。

一九三四年的捷克斯洛伐克,还是一个自由的国家,犹太人在国会里拥有议席,对各国的政治难民张开它的双臂。弗利德在布拉格重逢自由,重逢她熟悉的宁静。走进布拉格,弗利德的艺术风格突然变化,她离开新潮艺术,离开包豪斯的结构主义,离开所有高调的形式,回到淳朴的画风。她全神贯注地开始大量的绘画创作:风景、人物、静物,常常带有装饰风格。她似乎要通过这些绘画中清纯的美,来救赎和寻找本原的自我。

纳粹在毁坏的，是弗利德心中所感觉的生活最本质的东西。坚持属于自己生命本原的特质和追求，是她的个人抗争最核心的部分。对她来说，假如放弃了这些，纳粹就成功地达到了他们的目的了。

在绘画的同时，她满怀热忱地投入了对难民儿童的艺术教育。她已经不能放弃在维也纳开始的艺术教学实验。那是她的专业。她以前的一个学生是一位幼儿教师，不久也加入了她的工作。弗利德的教育显然是成功的，她的学生作品展让人们看到，那不仅仅是一些美丽的图画，同时还呈现了孩子们的内心。

她的朋友希尔德回忆说，弗利德和孩子们是如此融洽。希尔德最喜欢听弗利德讲孩子们的事情。有一次，一个孩子问弗利德，教堂是什么呀？弗利德回答说，教堂是上帝的家。孩子想了想说，您说错啦，上帝的家是在天堂，教堂是他的工作室。还有一次，一个孩子对弗利德说，我能和您谈谈吗？弗利德说，可以啊。就请她在自己对面坐下。过了一会儿她问，你要谈什么啊？孩子说，我就这么坐坐行吗？孩子其实就是想靠近她，和她待在一起。她的精神家园挤进了一群孩子，他们共同在创造和建设这个家园。

一九三六年四月二十九日，三十八岁的弗利德结婚了，有了一个属于自己的家。经过多年孤独的长途跋涉，如今，在每天路途的尽头，终于有了一盏专为自己点亮的暖暖灯光，蒙蒙的窗帘后面，有了一份单纯的感情和期待。

并非只有弗利德凭着自己的本能，理解自由的艺术思维对人类进步的意义。在一九三七年七月,有两个艺术展在慕尼黑开幕。一个在最知名的慕尼黑艺术博物馆的主要画廊,展览名为"德国艺术的伟大展出"。另一个画展的展出场地在仓库,主题是"堕落艺术展"。通过这样"黑画"的具体展出,希特勒试图让民众知晓,什么样的艺术思维,将不再被他所建立的社会容忍。在"黑画展"开幕的那天,希特勒发表演说,"艺术领域混进了外行,今天他们是现代的,明天他们都将被遗忘……"。可是,多年以后,希特勒赞赏吹捧的那些画家已经被人们忘记,而那个"黑画展"的作者,包括Otto Dix, Ernst Ludwig, Oskar Schlemmer, George Grosz, Ernst Barlach, 德国印象派画家和一些德国的犹太人画家等等,他们每一个人,都在今天被人们记住和重新认识。

一九三八年三月,德国占领奥地利。当时的意大利、匈牙利和罗马尼亚政府都站在了纳粹一边。一九三九年初,大部分的捷克斯洛伐克领土,已经在纳粹的控制之下。捷克斯洛伐克已经不再是一个安全的国家。一九三八年十一月九日,德国纳粹在这个夜晚,大规模地袭击犹太人,无数犹太人拥有的商店被捣毁,玻璃橱窗被砸碎,满地都是闪亮的碎玻璃,这是历史上有名的水晶之夜。维也纳也传来消息,弗利德当年设计的作品,不论大小,几乎被尽数砸光。弗利德所有的朋友都在做进一步逃亡的准备,周围是一片惊慌的气氛。不论是已经逃离,还是在准备逃离,朋友们都关心着既是犹太人又是知名艺术家的弗利德,告诉她必须尽早离开。

可是，人们发现，所有这一切噩讯对弗利德几乎没有影响。她仍然在忙着她的绘画和儿童艺术教育。她以前的合作同伴已经逃亡到伦敦，来信希望她去；她的老朋友安妮和她丈夫，给她寄来了移民巴勒斯坦的证书；她手里持有随时可以离开的护照。她不走的原因只有一个：逃亡对她的丈夫巴维尔已经太晚，他不可能再取得护照了。她没有离开步步逼近的危险，只是循着自然也是必然的选择，她要和丈夫留在一起。她坚守的是自己的一个世界。她没有清晰高扬的目标，只是顺从自己已经成为本能的逻辑。

从一九三八年到一九四二年，弗利德和丈夫巴维尔离开布拉格，开始往乡间躲避。他们来到罗诺弗（Hronov），那是巴维尔出生的小镇，是一个美丽的地方。弗利德写道："这里是如此祥和，哪怕在我生命的最后一刻，我都坚信，有一些东西，是邪恶永远无法战胜的。"

美术界依然在关注弗利德。一九四〇年，住在伦敦的美术经纪人，提出要展出弗利德的作品，并且把她带到伦敦去。那年八月，《弗利德画展》在伦敦的圆拱画廊开幕，展出了她的风景、静物和花卉，弗利德本人却没有到伦敦出席。

随着德军对捷克斯洛伐克的逐步占领，情况在恶化，针对犹太人的法规越来越严苛。一九三九年，弗利德和巴维尔失去了工作。一九四〇年，他们进一步转移到罗诺弗附近的一个村庄。在那里弗利德开始鼓励巴维尔学一门木匠手艺，以应付不可知的未来。一九四一年和一九四二年，他们又被迫几次搬家。

他们的生存除了依靠勇气和希望，还倚仗着当地一些非犹太居民的帮助。

一九四二年，希特勒决计大规模扫除犹太人。这年春天，巴维尔的母亲和大哥大嫂，被驱离遭送。他们后来很快死在不同的集中营，巴维尔的母亲在毒气室被谋杀。

在那里最后的几个月，弗利德停止了绘画。巴维尔家的三口人分别死在集中营的消息陆续传来，而越来越多的人被遭送走。一九四二年的深秋，弗利德和巴维尔被遭送的通知，终于到达了。对许多犹太人来说，他们不是非常清楚遭送的意义，但弗利德和她的丈夫，由于亲人的厄运，对自己的命运更少抱有幻想。可是她异常平静，当地的小店主回忆说，弗利德走进她的商店，对她说，"希特勒邀请我去赴会呢，您有什么保暖的衣服吗？"小店主给了她一件灰色的外套，又暖和又结实，怎么都不肯收钱。弗利德最后送了她一张画。

她的朋友希尔德闻讯特地从汉堡赶来，为着给老朋友一点支持。她们一起装箱，又一次次拿出来，重新装过。一个人只能带五十公斤，她们无助地犹豫着，是带一个勺子，还是两个？为了耐脏，弗利德把床单染成深色。希尔德发现，弗利德是那么自然地又在想着可以继续她的儿童艺术教育。她染着被单说，这些也可以在孩子们演戏的时候做道具，假如染成绿色，孩子披着，就可以象征森林。弗利德还在盘算，是不是给她未来的学生带了足够的纸和笔。

"有那么多需要考虑的细节，"希尔德说，"她连害怕的时间都没有。"

巴维尔和弗利德经过中转站,在那里,他们所有值钱的东西都被搜走了。一九四二年十二月十七日,他们抵达特莱津,成为囚徒。弗利德的编号是548,巴维尔是549。同时抵达的共有六百五十名犹太人,在一九四五年"二战"结束的时候,他们中间只有五十二人幸存。

弗利德住进了汉娜所在的L410楼,那是一栋女孩子的宿舍。汉娜和那里的孩子们,成了弗利德的学生。弗利德完全忘记了自己的遭遇,立即全身心地投入了对孩子的艺术教育。她拼命收集有可能用于绘画的任何纸张,其中多数是被废弃的用过的旧纸。

弗利德爱孩子,也曾经从艺术教育的角度切入心理学,因此,面对这些被囚禁的、失去父母的孩子,她是最恰当的一个教师。她知道怎样把他们从悲伤的死胡同里引出来。弗利德也去男孩的宿舍,悄悄地给他们上课。有一次,从德国来的一些男孩来到她的课堂上,他们的父亲,当着这些孩子的面,被纳粹枪毙了。他们完全是吓呆了的样子,相互紧紧靠在一起,双手放在膝盖中间。一开始,看到他们,弗利德就转过头去,想忍住泪水,可她回转头来的时候,孩子们还是看到她眼中满含着泪水,并且止不住地流下来。他们一起大哭了一场。然后,他们跟着弗利德去洗手,弗利德像一个教师那样严肃地说,你们一定要把手洗干净,否则不能画画。接着,她拿来纸和颜料,很快把孩子的注意力吸引到她的课程中。

所有来到这里的孩子，都有过自己非常的经历。其必然的结果就是巨大的心理损伤。纳粹所代表的邪恶，毁灭着文明的物质存在，更在毁灭人的心灵。在弗利德看来，保护人类内心真纯、善良和美好的世界，保存人的创造欲望和想象力，浇灌这样的种子，让它开花结果，是最自然和重要的事情。因此，她的儿童艺术教育，是在引导孩子们的心灵走出集中营，让他们闭上眼睛，想象过去和平宁静的生活，想象看到过的美丽风景，让自己的幻想飞翔。她带着他们来到房子阁楼的窗口，让他们体验蓝天和观察远处的山脉，画下大自然的呼吸。

在写出弗利德之前，我在各种不同的书里，读到过弗利德在集中居住区教孩子画画的故事。直到我读完弗利德完整的人生篇章，我才第一次，对她进入集中营这一时段不再感到吃惊。对于弗利德来说，这是最顺理成章最自然的事情。她热爱孩子，也热爱艺术，探究艺术怎样被引发和生长，怎样表现和丰富人的内心，怎样从心理上疏导释放和打破对自由思维的囚禁，那是她一生都在迷恋地做着的事情。是的，这里的孩子需要她，而她也需要这些孩子。是他们使她在如此可怕的地方，心灵不走向枯竭。

她依然在创造着，在思索着，她也在坚持画画。与其他所有集中营画家的显著区别是，他们都在用画笔记录集中营地狱般的生活，唯有她，依然在画着花卉、人物和风景。她在记录和研究儿童艺术活动的意义和目的，在探讨成人世界应该怎样对待儿童的世界。她问道："为什么成人要让孩子尽快地变得和自己一样？我们对自己的世界真的感到那么幸福和满意吗？儿童并不仅仅是一个初级的、不成熟的、准备前往成人世界的平台。……我们在把孩子从他们对自然的理解能力中引开。因此我们也就阻挡了自己理解自然的能力。"她还在考虑根据自己的教育实践，写一本《作为对儿童心理医治的艺术》。

在地下室里，她为孩子们悄悄地开了画展。还参与了组织他们排演儿童剧。在最恶劣的现实条件下，她坚持让自己的精神生活在一个正常的世界里。同时，也让这些孩子通过她指导的艺术活动尽量做到：身体被囚禁的时候，精神还是健康和自由的。

这远非像我以前想象的那样，仅仅是出于一个人的爱心，这是从二十世纪初开始的，那一个又一个伟大的艺术教育和艺术哲学大师们，一代代交接着的、精神和思想传递的一环。在这里，第一次世界大战无法扼杀的维也纳的艺术学校在继续，被希特勒关闭的包豪斯在继续。弗利德和孩子们在一起，没有建造武器去与邪恶拼杀；他们在构筑一个有着宁静幻想的、健康心灵的，也是愉悦视觉的美的境界。面对强势，他们能够说：有一些能力，是邪恶永远无法战胜的。

六

和弗利德一样，在特莱津，有一大批艺术家和学者，在利用一切可能，持续他们的文化活动，他们举办音乐会、举办学术讲座、排练歌剧，当他们在歌剧中唱出"我们为什么不应该欢乐",身为囚徒的观众们热泪夺眶而出,继而响起掌声。他们在宣告自己绝不放弃快乐的权利,宣告他们的精神不会死亡。他们画画和写诗,也教会了孩子们画画和写诗。孩子们是弱小的,他们的心却在美的教育下坚持善良。

确实很难令人相信,像纳粹这样手中掌握着军队的强大政府,会害怕艺术,会害怕一群艺术家,会害怕孩子们学习艺术和掌握知识。这种内在的虚弱和恐惧,也使得他们在特莱津不断迫害艺术家。

纳粹并不是不清楚自己的行为是反人类的,他们因此才需要掩盖真相、"宣传"假象。

一九四四年的年中,特莱津集中营的纳粹管理人是冲锋队的上校卡尔·雷姆(Karl Rahm),他是一个奥地利人。他是特莱津历任管理者中,最热衷于"宣传"的一个。一九四四年的一个夏日,雷姆把一名担任过导演的荷兰籍犹太囚徒库特·片隆(Kurt Gerron)叫到自己的办公室,命令他为特莱津拍一部宣传片《一个作为礼物送给犹太人的城市》。

许多被纳粹划为犹太人的特莱津囚徒,其实只是有一点犹太人血统的混血儿。因此,从外貌上,甚至和一般的雅利安人没有区别,他们有金色的头发和蓝色的眼睛。雷姆规定,这些犹太人都不准在电影中出现,只拍那些黑头发黑眼睛的犹太人,以突出"典型性"。他命令拍摄伪造的场景,在所谓的邮局,犹太人一个个捧着假包裹从里面出来。还命令拍摄一些犹太人在特莱津城外的河里"游泳比赛",当然,这在现实的特莱津生活中,是绝不容许发生的。具有讽刺意味的是,就在拍摄现场,在"游泳"镜头之外的护城河岸边,一大批冲锋队员荷枪实弹,对着游泳的囚徒,以防他们趁此机会逃跑。

雷姆还安排一辆列车,带来一群从荷兰送来的犹太人,在虚假的欢迎仪式上,雷姆等冲锋队高层官员前往迎接,笑容可掬。雷姆还从车上亲自抱下一个孩子来。影片一结束,一切恢复常态,吉隆回到自己的囚室,那个被雷姆从车上抱下来的孩子,又被送上火车、送到奥斯威辛死亡营。

雷姆的另一个宣传,是他答应了国际红十字会视察特莱津。对于他来说,那是非常简单的事情。他手里有枪,不必担心会出什么"纰漏"。他先确定了红十字会参观的路线,在这一条线路上,他命令加以粉饰。

墙被粉刷了,运来新鲜的面包和蔬菜,甚至运来鲜花抢种。在红十字会到来之前,他亲自参与对囚徒的"甄别"。挑选那些看上去还比较健康的、尤其是容貌可爱的犹太女孩,让他们出现在参观团要走过的地方。甄别的另一个重要内容,就是挑出老弱病残。在红十字会预定要来参观的六月,就在他们到达之前,雷姆下令把七千五百名"选下来"的囚徒,送往东方的死亡营"解决"掉,其中,包括一批孤儿。

一九四四年六月二十三日,国际红十字会如期来临,其中还有丹麦红十字会的主席。他们被纳粹引导着,走过一条被粉饰过的线路,遇到被挑选过的囚徒。在街角,有指定的囚徒在那里演奏莫扎特的乐曲。他们遇到的囚徒,都在威胁之下微笑,回答说,他们对特莱津的生活"太满意了"。他们还看到,犹太人是"自治"的,特莱津犹太人委员会是受到纳粹的"充分尊重"的。他们看到,犹太人委员会的赫尔·埃普斯坦博士(Herr Eppstein)衣冠楚楚,从汽车里下来,冲锋队的军官还去为他开门。为了这一幕,就在一个星期之前,这些冲锋队员还狠狠地打了他一顿。这位广泛受到犹太人尊敬的埃普斯坦博士,就在红十字会离开的一个月之后,被雷姆下令枪杀了。

雷姆志得意满,"宣传"真是一个得心应手的工具。你只要阻挡人们知晓一些事实,而夸大另一些事实,甚至制造假象,这个世界的舆论就被你操纵了。不仅今天的国际红十字会被轻易蒙骗了,而且,在将来,人们看到由"犹太人导演拍摄"的特莱津纪录片,不是就真的会以为特莱津是纳粹"送给犹太人的一个礼物"了吗?按照纳粹的宣传:现在是战争期间,我们的士兵在前线艰苦战斗,我们为了犹太人的安全,却特地安排他们集中居住,过着衣食无忧的生活,纳粹对这些"劣等民族"的犹太人是何等的慷慨。

宣传最怕的是真相的败露。

就在这个时候,纳粹风闻特莱津犹太人艺术家不仅在画风景,还偷偷地画一些"危险"的画,他们的绘画作品很可能记录了特莱津的真相,也可能偷带到外部世界去。于是,在国际红十字会离开仅仅几个星期之后,一场对艺术家的迫害开始了。

那是一九四四年七月中旬,特莱津的四名艺术家接到通知,第二天早上去冲锋队的办公室报到。通知他们的是犹太人委员会的人,他也不知道是怎么回事。可是,也许他也感觉是凶多吉少,所以,虽然是七月天,他还是对他们说,你们一定要多穿些衣服。这四名艺术家,是弗利塔(Bedrich Fritta)、布洛克(Felix Bloch)、乌加(Otto Ungar)和哈斯(Leo Haas)。

一九四四年七月十七日一早,四名艺术家去冲锋队的办公室报到,那里的人告诉他们,雷姆的司令部的秘书,将负责对他们的案子作调查。这时,又有另外两个囚徒前来报到。一个是年轻的建筑师特劳勒(Norbert Troller),他在集中营给许多孩子画过肖像,他是那天临时被通知来报到的,因为是个大热天,他只穿了短袖衣服和凉鞋。另一个被叫来的是斯特拉斯,在这次"出事"的人中间,只有他不是艺术家,可是,他也和艺术有关。斯特拉斯原来是一个商人,他非常热爱艺术,迷恋艺术收藏。在特莱津,他是很少的几个经济条件相对好些的囚徒。因为他有一些不是犹太人的富裕亲戚住在布拉格。他们想方设法给他带些食物、用品和现金进来。而他身为囚徒,却不久就忍不住故态复萌,开始用他的食物和现金,向集中营里的画家们换他们的作品。所以,他在这里悄悄地收集了一些艺术家的画作。

显然,他在特莱津收藏画的事情,并没有瞒住德国人,那年三月份,冲锋队突袭搜查了他的床铺,从他的床垫下搜出几张画,都是风景画。当时,对画作的追查没有进行下去,只是因为迎接国际红十字会,对纳粹来说是更紧急的事情,转移了他们的全部注意力,使他们暂时放下对绘画的追查。斯特拉斯只是得到纳粹的严重警告,不准他以后收藏绘画。

斯特拉斯并没有停止收藏,他只是把画藏到更可靠的地方。他收藏的画中,有十来张画描绘了特莱津的生活,其中几张他还设法托人偷运出去,带给了他在布拉格的亲戚。替斯特拉斯带画出去的,是担任警卫的两兄弟,是捷克人。也许,就是这几张画惹了祸?他当然紧张,在等候的时间里,他们都很紧张,也很发愁。

弗利塔(Bedrich Fritta)是最初来到特莱津的艺术家们之一。他和妻子带着他们唯一的婴孩托马斯,一起来到这里。托马斯生下来不久就进了特莱津,被剥夺了受教育的权利。弗利塔就给孩子画了一大本儿童课本。年轻的弗利塔在集中营里,仍然充满热情地用幽默、精彩的卡通画,把牙牙学语的孩子,尽量和这个集中营环境隔离开来。

哈斯也是一个热情的人。在集中营里,他总是尽量给孩子们的生活带来一点乐趣。他在孩子们居住的地方,到处贴了各种注意事项,都是艺术化的招贴,让孩子们看到的时候,心里有一点暖意。

纳粹曾经利用他们的能力,做一些宿舍改建的设计和其他相关的工作。所以,他们几个更容易通过工作,得到一些在特莱津非常紧缺的纸张。他们确实是有意识地在用画笔作记录,他们经常相互说着"暗语":把这个"写"下来!他们知道这是非常危险的事情。所以,就像弗利德每堂课后都很小心地把孩子们的画藏起来,他们也很小心地随时把画藏在夹壁墙的间壁之中。弗利塔还弄了一个铁皮箱,在里面藏他们的画。在装满以后,他们把铁皮箱埋进了土里。

四个冲锋队的高层官员,开始了对四名艺术家的侦讯。一开始,他们还和艺术家们谈哲学和艺术史,试图在松懈的气氛中,得到他们需要的东西:特莱津内部有没有政治组织?不论是在内部还是外部,有谁在帮助这些艺术家?他们要找出更多的牺牲品。艺术家们拒绝回答他们的问题。

失败的审讯终于使得冲锋队官员失去了耐性。在一声大吼之后,是突然的冷场。多年以后,哈斯回忆说,"他们突然撇下我们离开,我们的感觉就是,我们再也休想回家了。"不久,来了满卡车的冲锋队员,在卡车上,他们看到了特劳勒、斯特拉斯和他的妻子、布洛克的妻子和他们才五岁的女儿、弗利塔的妻子和他们三岁的儿子托马斯、还有哈斯的妻子。

所有的人都沉默着。乌加是一个性格很敏感的人,他突然哭了。他们都明白,他们前面就是死亡。

在艺术家们被押上车的时候,有一个囚徒恰巧看见,当她知道他们是因为绘画而被抓的时候,她赶紧回去,消息传开了。只要是有画的人,都在紧张地把自己手头的画用各种方式藏起来。

装着艺术家和他们的家属的车子,开始发动了。不知是谁,轻声说,"假如往左开,是带我们去布拉格。假如往右,就是去克莱·费斯屯了。"大家都知道,与特莱津一河之隔的集中营的监狱克莱·费斯屯,那是一个炼狱。在特莱津,人们都说,"没有一个犹太人能活着从克莱·费斯屯出来的"。

车子在往前开，然后，向右转去。

他们总共是十三个人。在进入克莱·费斯屯之后，他们被命令站了几个小时，然后，男人、女人和孩子，被分在不同的监房。一个从克莱·费斯屯幸存的清教徒牧师后来回忆说，在监狱里，处境最可怕的就是犹太人了。他看到犹太人"有时甚至被强令相互殴打，直到其中一人倒下死去。"只要走出囚室，他们就暴露在冲锋队员面前，随时可能被殴打，"只有被锁在小小的囚室里的时候，才感到更'安全'一点"。他目睹了这些艺术家囚徒和他们的家属进来。他记得，布洛克在进来几天之后，就死于冲锋队员的酷刑之下。

为了逼供，冲锋队每天对他们酷刑折磨。斯特拉斯已经七十多岁了，在克莱·费斯屯，他被殴打得很厉害。几个月后，他和妻子都被送进了奥斯威辛的毒气室。在这个案子中，特劳勒还不算是最重要的审讯对象，他在三个月后，被送往奥斯威辛。

哈斯一边受审，一边还在服劳役，在做苦工的时候，他的腿受伤后严重感染，最后，他的腿部感染是被一把生锈的剪子"处理"的。最后，哈斯、弗利塔和乌加，都被送往奥斯威辛。在他们被送走的时候，哈斯每次上厕所，都需要别人扶着他去。弗利塔比哈斯小八岁，当时只有三十五岁。可是他已经被折磨得不成人形，几乎不能自己行走了。一九四四年八月，在到达奥斯威辛的八天之后，弗利塔就死了，在最后的时刻，只听到他喃喃地说，"我累……，我累了……。"为了绘画，他付出了生命的代价。

哈斯却非常侥幸地活下来。原因是纳粹突然需要有高超技艺的绘画人才，为他们制作伪币。他突然被运到奥地利，被勒令参与画制假英镑的工作。一九四五年五月，他在那里被盟军解救。

在此期间，艺术家的妻子和孩子一直被关在克莱·费斯屯。哈斯的妻子和弗利塔的妻子、小儿子托马斯关在一起。弗利塔死在奥斯威辛之后不久，他的妻子汉希·弗利塔（Hansi Fritta）也死去了。哈斯的妻子活到了盟军解放特莱津，他们夫妇收养了当时只有五岁、已经成为孤儿的托马斯。

可以想象，假如不是战争突然结束，他们没有一个人能够活下来。

乌加也被送往奥斯威辛，在他被送走之前，纳粹在刑讯中用皮靴猛踩乌加的右手，以惩罚他"违法绘画"。他的右手严重致残。一九四五年，在盟军接近奥斯威辛的时候，纳粹逼迫奥斯威辛的一批囚徒转移。那是著名的"死亡之旅"，大批的囚徒死在这次转移之中。幸存的囚徒抵达布痕瓦得集中营（Buchenwald），在最后三个月中，有一万三千名囚徒在那里死去。有幸存的难友回忆说，乌加在布痕瓦得集中营的最后一个月里，周围到处都是死尸，可是，他看到乌加残疾的手里，勉强地捏着一小块煤，仍然试着在一张破纸上画画。

乌加顽强地活到了解放的一天，几乎是一个奇迹。可是，一九四五年七月二十五日，在他被解救的短短三个月后，也是他因绘画受到审讯的差不多刚好一年之后，乌加也死去了。

七

当然,国际红十字会要来视察的消息,曾经给特莱津的囚徒们带来希望。但他们却亲眼看到,纳粹的铁幕,可以轻易遮挡住事实真相。宣传是有效的。外部世界不伸出援手,纳粹对犹太人的大屠杀,也就更肆无忌惮了。

在这个小镇,三年里有三万三千多名囚徒死于恶劣的生活环境,其中包括女艺术教师弗利德的父亲和继母。在他们死去之后,弗利德才得到消息,知道他们也曾在这里住过。更恐怖的是关于遣送到死亡营的传闻,所有的人都知道,遣送通知是最可怕的东西。

一九四四年九月,弗利德的丈夫巴维尔和其他共五千名男囚徒,一起接到了将在二十八日被遣送的通知。弗利德立即扔下一切,就像艾辛格教授的妻子一样,来到决定名单的委员会,要求与丈夫同行。四年前,她拿着护照却拒绝离开危险的捷克,今天她明知前面是死亡的威胁,却义无反顾地要求前去。

弗利德被拒绝之后,再次坚决地要求把自己补进下一批的遣送名单。朋友们都劝她留下,她也有充足的高尚的理由留下——孩子们和工作需要她。可是,对弗利德来说,思维的逻辑是那么自然。这样的逻辑,和她久远以来的生活态度,是合为一体的。对艾辛格教授的妻子,对弗利德,那是人的本能,她们爱自己的丈夫,她们要赶去和亲人同生共死。

弗利德的要求被批准了。在离开前,她做的最后一件事情,是和L410宿舍的管理员维利·格罗格(Willy groag)一起,小心地包好所有孩子们的画作,藏在阁楼里一个安全的地方。她们不知道自己是不是还能够活下来,可是,她们相信,终有一日,这些孩子们的画会重见天日,会向人们讲述,那个从人类开始他们的历史,就没有中止过的,善和恶的故事。

巴维尔离开的九天之后,一千五百五十名囚徒,都是妇女和儿童,被装上运牲畜的闷罐车送走。日夜兼程,两天以后的中午,她们到达奥斯维辛。第二天一早,一九四四年十月九日,她们中的绝大多数人,被送入毒气室谋杀。其中,就有四十六岁的女艺术家,弗利德·迪克－布朗德斯(Friedl Dicker-Brandeis)。

特莱津的大多数艺术家们,不是像弗利德那样专职照顾孩子。他们白天要干自己的一份劳务。可是他们还是抽空轮流给孩子们上课。其中一个是弗莱绪曼博士(Karrel Fleischmann)。他是个医生,尤其是皮肤科方面的专家,可是同时,他又是一个绘画技巧很高的艺术家。一九四二年四月,他和妻子一起被逮捕,后来,就被送到特莱津。他不仅教孩子们画画,还和妻子一起,教孩子们如何"重新会唱歌",如何写字、做加减法。他曾经写道:"在我们中间,一定有人会幸存下来。"一九四四年十月,弗莱绪曼博士和他的妻子,被杀死在奥斯威辛的毒气室。那么,他教过的孩子们呢?

只有极少数的孩子,如弗莱绪曼博士所希望的那样,幸存下来。

汉娜的哥哥乔治也被送走了。一九四四年秋天,纳粹德国已经接近崩溃。他们因此开始加速将集中营的犹太人向死亡营转送。十三岁的汉娜突然失去相依为命的哥哥,在她身边,只有一只从家里带出来的手提箱,成了她和家的最后一点联系。

终于,汉娜也接到了被转送的通知。她行装简单,只有那只箱子。里面是她的几件衣服,她自己画的最喜欢的一张画,还有集中营里同宿舍的小朋友送给她的一本故事书。她什么也没有了,只剩下一线希望:也许,能在前方追上她的哥哥乔治;也许,还能在那里,和爸爸妈妈团聚。她这么想着,提起了她的手提箱,爬上了遣送的闷罐车。

就在弗利德被杀害的十四天之后,一九四四年十月二十三日深夜,汉娜和许多犹太人,在一阵阵恐怖的吆喝声中,从火车上跌跌撞撞地下到一个站台。探照灯的强光下,他们几乎睁不开眼睛。汉娜和一些女孩立即被带走,荷枪的士兵牵着吠叫的大狼狗,大声对她们命令:把箱子留在站台上!

惊恐万状的汉娜松手了。她的手提箱,落在坚硬冰冷的站台上。

就在那个漆黑的夜晚,她们从火车站台,直接被送进毒气室。汉娜甚至还来不及知道:她已经追上了心爱的哥哥,乔治·布兰迪正关押在这里;她也找到了爸爸和妈妈,一九四二年,汉娜的父母卡瑞尔和玛柯塔,也在这里被杀害。这是波兰,奥斯威辛集中营。

最后一个见到艾辛格教授的,是一个幸存的他的学生,他说,他在奥斯威辛的队列里远远地看过教授一眼,他已经被折磨得不成人样了。一九四五年一月十五日,在送往达豪集中营的途中,艾辛格教授被德国冲锋队员枪杀。

可是,特莱津犹太人在默默坚守的他们民族的文化,在坚守的一种精神,纳粹却没有力量扼杀。

在最后的岁月里,一号宿舍的艾辛格教授的孩子们,那些《先锋》杂志的编辑、记者、作者和读者们,都被陆续遣送去了奥斯威辛集中营,可是,艾辛格教授的孩子们出版的一期期《先锋》杂志,都被小心地保存下来了。

在战争结束的时候,在一号房间的"孩子共和国"中,特莱津还留下了一个叫做陶希格的孩子。

特莱津是依靠马车为运输工具的:运送货物、运送遣送者的行李,还有死难者的尸体。特莱津的运作一天也离不开马车。而陶希格的父亲,恰巧是特莱津囚徒之中唯一会打马掌的犹太人。他因此有一个小铁匠铺,后来,陶希格成为父亲的帮手,也赶马车,就搬到铁匠铺后面堆煤的小屋里,和父亲住在一起。这是特莱津难得的一点私人居住空间。孩子们就把一期期的《先锋》杂志,偷偷地藏在煤堆下面。

战争结束的时候,环顾四周,陶希格发现,原先的小同伴们,只剩下了他自己一个人还留在特莱津。他赶着两匹马,把属于他和父亲的物品拉回了布拉格,他还小心翼翼地,装上了收藏的一大摞《先锋》杂志。回到布拉格后，陶希格到处寻找他的"孩子共和国"的同伴们。

最后，他巧遇了"孩子共和国"的一员，这个幸存的孩子，正是汉娜的哥哥，乔治·布兰迪。

乔治·布兰迪刚刚从奥斯威辛回来，他之所以能幸存下来，只是因为他在特莱津学成了管子工的手艺，纳粹需要留着他干活。回家以后，他得知父母早已在一九四二年就被杀死了。他到处打听妹妹汉娜的消息，直到遇到一个妹妹的同伴，把汉娜死在毒气室的消息告诉了他，他最后的希望也破灭了。

一九四五年，陶希格把所有的杂志都移交给了乔治·布兰迪。

乔治·布兰迪一直小心地藏着那些杂志。后来，他得到一个移民加拿大的机会，前途未卜，旅途能够带的东西也有限，临行之前，他又把所有的杂志转交给了创办《先锋》杂志的幸存者之一科特·库图克，他也曾经是"孩子共和国"的主席。

直到一九六八年的春天，他们才感到，也许可以认真考虑出版《先锋》杂志了。在那个时候，特莱津原来的学校楼，也在考虑建成一个"特莱津集中营博物馆"。可是，就在那年八月，苏联入侵捷克。此后，历经种种曲折，介绍《先锋》杂志的书，在二十世纪九十年代，才被正式以几种文字出版。当年犹太孩子们的诗、画和文章，他们的恐惧和勇气，他们的苦难和梦想，终于又重见天日。

在出版的时候，乔治·布兰迪和几个幸存者，决定用当年他们的同伴在《先锋》杂志的文章上写的话，作为书名："我们也是一样的平常孩子"。

在书的最后，是艾辛格教授带领的特莱津L417宿舍一号房间的孩子们的名单。一共是九十二个孩子，在一九四五年战争结束的时候，他们绝大多数都死在了奥斯威辛集中营的毒气室里，只有十五个孩子侥幸活下来。在特莱津，这个房间的孩子是存活比例最高的，原因是他们都是年龄比较大的男孩，可以是劳动力了。

一万五千名曾经生活在特莱津的犹太孩子，只有一百多名存活下来。

在战争结束以后，哈斯和死去的弗利塔收藏画作的铁皮箱，从土里被重新掘出，他们的画，都被保存下来了。那些被人们藏在板壁中、藏在阁楼里的画，都被陆续找出来了。

在"二战"刚刚结束的一九四五年，八月底的一天，幸存下来的维利·格罗格，那个当年和女艺术家弗利德一起在阁楼里藏下孩子们画作的女管理员，提着一个巨大的手提箱，来到了布拉格的犹太人社区中心。箱子里是将近四千五百张弗利德的孩子们的绘画。那些画作的主人，绝大多数已经被谋杀在纳粹的毒气室里。纳粹曾经夺去了孩子们的名字，只容许他们有一个编号。在特莱津，弗利德自己不再在画作上签名。却坚持要求孩子们，在画作上签上他们的真实姓名。这四千五百张画作，绝大多数，都有孩子们自己的签名。

多年以后，面对这些画作，捷克总统哈维尔说：怀着一颗沉重的心，我不止一次地面对这些由特莱津孩子们提供的、关于他们的经历、渴望和梦想的证明。他们把我带回那个时代，我们的国家被纳粹占领、世界在战争之中。我作为一个小男孩，遇到了恐惧、羞耻和挑战。这些画也在唤醒我，那些我或许是无能为力的事情，却使我确实感到羞愧：事实是，我的犹太人同学们被赶出了学校，他们被迫在外套上佩戴区别于他人的六角星，他们被遣送集中营，最后，我活了下来，而那些和我一样的孩子们，却没有能够幸存。

弗利德的丈夫巴维尔，因弗利德鼓励他学会的木工手艺而躲过一劫，从集中营幸存下来。巴维尔后来再婚。弗利德在进入特莱津之前的画作，在巴维尔一九七一年去世后，由他的孩子们保存。

弗利德在特莱津集中营的部分作品，成为美国洛杉矶 Simon Wiesenthal Center 的收藏。

人们一直熟诵着那句名言：在奥斯威辛以后，写诗是残酷的。可是，在很长时间里，人们无法理解和接受：在集中营之中，绘画依然美丽。这些被冒着生命危险保存下来的犹太儿童的图画，曾被久久冷落，没有人懂得弗利德，也没有人懂得这些儿童画的价值。

维利·格罗格说："随着时间的流淌，他们懂了。"

人们终于看到，有这样的一种文化。不仅是一部音乐歌剧的演出，不仅是教会孩子写一首诗、引导孩子们办一份杂志，这是一种信仰的表达。在特莱津，艺术家在坚持正常的创作和教学，学者在坚持他们的学术讲座；艺术家们，不仅为集中营的孩子们，也为生活在今天和以后世界的人们，展示了生活本身的不朽，想象力和创造力的不朽，展示了维护宁静心灵和智慧思索的必要。

将近四千五百张由弗利德的学生在特莱津创作的绘画作品，现在被布拉格犹太人博物馆收藏和展出，被称为"人类文化皇冠上的钻石"。

尾声

我们终于在演出前，赶到了华盛顿的肯尼迪艺术中心。

那些幸存的孩子，在离开集中营以后，把特莱津演出的歌剧《布伦迪巴》一代一代地传下来，直到今天，新一代犹太人的孩子们，还在一次次地演出着《布伦迪巴》。

特莱津孩子们的诗歌也被幸存的犹太艺术家们，谱成了歌曲，配合朗诵，成了今天的合唱组歌"我再也没有见到另一只蝴蝶"。

肯尼迪艺术中心是一流的演出场所。可是，剧场的经营者，在里面布置了两个小剧场。小剧场几乎每天都有免费演出。今天的儿童合唱团就是这样的免费演出。十一月底了，华盛顿已经转冷，外面还刮着大风。可是，小剧场里坐得满满的，有一多半是犹太裔的老人。在"二战"期间，有六百万犹太人被杀害。几乎所有的幸存者，都有一部自己和家庭的苦难历史。演出中,老人们的眼中,一个个泪光闪闪。

在演唱的最后,孩子们一起,用希伯来语唱起一首传唱久远的宗教歌曲。合唱团的音乐指导说,这是当年在特莱津集中营的孩子们都会唱的一首歌。在艰难的岁月里,这首歌总是给他们带来内心的平静。许多孩子在面对死亡的时候,最后唱着的也总是这首歌。我们想到,从某一种角度来说,这些孩子仍然是幸运的。他们的父辈,把他们千年的信仰没有间断地传承下来,传给了他们。他们始终是有一种精神支撑的。这些孩子们是有信仰的,他们相信善和恶不是站在同一个平面上的。

今天的犹太民族把自己的历史记载下来,把集中营犹太孩子们的诗和歌一代代地唱下去,也让孩子们的画一代代地传下去。他们要告诉自己的后代,也告诉我们什么?我又想起汉娜和他哥哥乔治后来的故事,在二〇〇一年,由于一个日本女子的努力,也通过曾经担任"孩子共和国"主席的科特·库图克的帮助,乔治·布兰迪在五十多年以后,在日本的浩劫教育博物馆,又看到了自己妹妹汉娜留下的珍贵遗物——在那个黑夜里,她最后留在奥斯威辛站台上的那个手提箱。箱子上还清晰地留着汉娜·布兰迪的名字。乔治·布兰迪对日本的孩子们说,他相信,汉娜的遭遇带给孩子们的,是呼吁人与人之间的宽容、尊重和同情。

因为,那些手执屠刀的纳粹暴徒们,作恶而不知卑劣,他们的外貌是凶残的,他们的灵魂却是可卑而可怜的。而这些集中营里的孩子们,画着花朵和蝴蝶的孩子们,他们的精神所站立的位置,远远高于那些纳粹冲锋队员。

  孩子们纯净的歌声响起来。

  人,是有灵魂的,不是吗?

二、画于特莱津集中营的作品及其小作者

1.《赎罪日》伊莱娜·卡尔凤茉索娃

1.
《奉献日》(*Hanukkah*, pastel on paper)

伊莱娜·卡尔佩莱索娃
Irena Karpelesova

伊莱娜是个女孩，她于一九三〇年十二月三十日出生在捷克首都布拉格。一九四二年十二月二十二日，距离她十二岁生日还有八天的时候，伊莱娜被遣送到了特莱津。在特莱津她住在十三号房，分在A组。她留下了二十八张画。一九四四年十月四日，不满十四岁的伊莱娜，被杀死在奥斯威辛集中营。

在这里，伊莱娜画了犹太民族重要节日"奉献日"点亮的九支烛台。那是纪念两千多年前犹太民族对古希腊人的反抗，因为古希腊人强迫犹太人放弃自己的信仰，改信希腊人的宗教。在胜利之后，犹太人来到自己的圣殿，举行对神奉献的仪式。他们点上犹太人传统的九盏大油灯，可却只有仅够点上一天的灯油。但神奇的是，那一点点油却坚持整整亮了八天，直到他们找来新的灯油。此后的两千年来，每到年底的奉献日，犹太人就会连着八天整夜都点亮着九支烛台以纪念那九盏油灯。

伊莱娜住在集中营里，在过奉献日的时候，她只能在自己的画里，点燃那燃烧了两千年的九支烛台。

烛火，并没有熄灭。

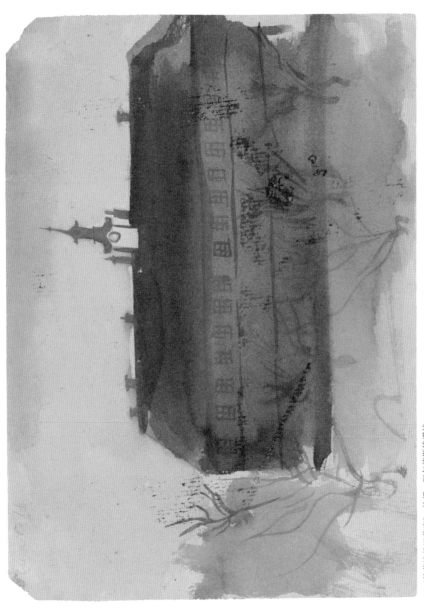

2.《特莱津的旧营房》 松娅·瓦尔德斯特诺娃

2.
《特莱津的旧营房》(*Terezin Barracks*)

松娅·瓦尔德斯特诺娃
Sonja Waldsteinova

松娅是个女孩,她于一九二六年十一月二十八日出生在捷克首都布拉格。一九四三年六月六日,她十六岁半的时候,被遣送到特莱津。在特莱津少年儿童的画作收藏中,至少有四张画是她的作品。她的画很有特色,也非常成熟,和其他孩子的画风格很不一样。一眼就可以看出,她具有很高的艺术天分。非常幸运的是,松娅活到了被解救出来的那一天。她最终回到了布拉格。

这是她画的特莱津旧日的兵营建筑。这房子后来被纳粹用做关押孩子们的地方,兼有宿舍和囚室的意味。纳粹的集中营分做两种。一种更像监狱,就是在集中营内部几乎没有任何自由。另一种是像特莱津这样的集中居住区。它是利用一些旧日的城镇,封锁而成。在居住区内部,有一定的行动自由。可是,这样有限的"自由",完全掌握在纳粹手里。例如,在特莱津刚刚建立的时候,孩子们除了去食堂,就不准走出这栋房子。后来,虽然活动的时间被放宽,但仍然是有限的。在不准离开房子的时间,孩子们就被囚禁在里面。

一个叫做特奇（Teddy）的孩子，一九四三年被关在特莱津的时候，她写了这样一首诗：

在特莱津

一个新的孩子来到这里，
一切对他都是那么陌生。
什么，晚上就躺在地板上？
吃发黑的土豆？不啊，我不愿意！
我非住这儿不可？那么脏的地方！
这地板——你看，多脏啊，我好害怕！
就让我这么睡在地板上？
我身上就都得弄脏啦！

身边都是尖叫声，还有哭泣，
还有，那么多的苍蝇。
谁都知道苍蝇传染疾病。
啊，什么东西在咬我！这是臭虫？
特莱津，生活就像地狱，
可什么时候能回家，我至今也不知道。

这个孩子把诗写在一张纸上，笔迹稚嫩，却没有语法错误。她在角落签上了自己的名字：Teddy, L410, 1943。人们不知道她的故事，也不知道她是多大的一个孩子。只知道，一九四三年，她是特莱津的囚徒，住在这样一个旧兵营改建的女孩宿舍里。他们把那栋房子，叫做L410。

3.《院子》 巴维尔·松嫩申

3.
《院子》(*The Courtyard*)

巴维尔·松嫩申
Pavel Sonnenschein

　　巴维尔是个男孩，他出生于一九三一年四月九日。一九四二年四月八日，他从捷克的布尔诺（Brno）被遣送到特莱津，那是他十一岁生日的前一天。一九四四年十月二十三日，他被送往奥斯威辛集中营，被杀死在那里。

　　他在特莱津用墨水和水彩颜料，在一张用过的纸上，画了这幅画。这不仅是一张特莱津现实场景的描绘，他也画出了自己对特莱津封闭、压抑的感觉。

　　曾经有个特莱津的孩子，用诗写出了同样的感觉，那首诗的名字是"闭封之镇"。

　　　　一切都倾斜了，像一个蹒跚、佝偻的老妇人。

　　　　每个人目光闪闪，都盯着唯一的期待
　　　　和一个问题"什么时候？"

　　　　这里没有很多士兵，

只有被击落的鸟儿在报告战争消息。

你会相信自己听到的任何一点传闻。

屋子更挤了,
气味的身子挨着身子,
有着亮光的阁楼在尖叫着,经久不息。

诗留下来了,作者却没有留下名字。他给我们描述了特莱津囚徒痛苦的生活和内心,我们却不知道他自己的故事。

4.《瓶花》 基蒂·玛尔盖特·帕塞洛娃

4.
《瓶花》(*Flower in Vase*)

基蒂·玛尔盖特·帕塞洛娃
Kitty Marke ta Passerova

基蒂是个女孩,她出生在一九二九年七月四日。一九四三年十二月八日,在她十四岁的时候,纳粹把她从布拉格遭送到特莱津。她是特莱津孩子中很罕见的幸存者之一。一九四五年五月,她被解救出来,现在她居住在澳大利亚。

在特莱津画这幅画的时候,她没有好纸,就利用废纸。这是一张剪纸、勾画和上色结合的作品,画面很美。

她是弗利德的学生。弗利德没有能够活到战后,她被杀死了。可是,她思想的碎片,却依然在闪亮。她的学生回忆说:"弗利德说得不多,可是我记得她确实说过:'每个人都有他自己的世界。地球上的每个人和每一样东西都有他自己的世界。每一样东西都有它独立的体系。当无尽的贪欲抓住了一件事情的本质,它会把你逼疯。美是神秘的。一件美的东西是一个秘密。美不是自然的一个模仿,不是它的一个肖像;它是在变化和多样性中的一个表现。世界上没有绝对的东西……没有完全固定的美。绘画的宽度,是在过度的细节之中,找出空间。'"

5.《特莱津的房子》 哈娜·科赫诺娃

5.
《特莱津的房子》(*House*)

哈娜·科赫诺娃
Hana Kohnova

  哈娜是个女孩,她出生在一九三一年七月七日。她是在一九四一年十二月十四日从布拉格被遣送到特莱津的。那时,她刚满十岁。一九四四年五月十八日她被转送奥斯威辛集中营,在那里她被纳粹杀死,还没有到她十三岁的生日。年龄小的孩子很难幸存下来,因为纳粹觉得他们还不能干活儿,活着对纳粹"没有用"。

  这张画是哈娜用水彩颜料画在一张比较光滑的纸上的。她不可能用水彩纸,因为在集中营没有水彩纸。可是,她还是画出了水彩的感觉。她是一个多么有艺术感觉的孩子。她画着特莱津的房子,却完全忘记了现实的丑陋。她虚化了眼前的世界,把视野和心灵都推向远方。远方——有家的远方。

  这张画,让我想起特莱津的一个男孩弗兰塔·巴斯(Franta Bass)留下的诗:

家

我在瞭望,瞭望着
进入那宽广的世界,
进入宽广的世界、遥远的世界。
我瞭望着东南方,
我望着,望着我的家乡。

写这首诗的男孩弗兰塔,一九三〇年九月四日出生在捷克的布尔诺。他在一九四一年十二月二日被遣送到特莱津的时候才十一岁。三年后的一九四四年十月二十八日,弗兰塔被杀死在奥斯威辛集中营,刚满十三岁。

6.《特米津》鲁特·萨赫苔洛娃

6.
《特莱津》(Terezin)

鲁特·萨赫苔洛娃
Ruth Schachterova

    鲁特是个女孩，她出生在一九三〇年八月二十四日。一九四二年三月十九日，在她十一岁半的时候，她被遣送到特莱津。一九四四年五月十八日，她被送往奥斯威辛集中营，在那里，纳粹杀死了她，她还没到十四岁。

    这是一张上色的剪贴作品，用了当时作废的表格纸，贴在一张发亮的黄色纸上。这张剪贴作品的构图、变化和虚实处理都很好。这是艺术化的特莱津景观。

    那么，什么又是鲁特生活中现实的特莱津的内核？

    一九四四年，一个小名叫做米夫（Mif）的男孩写道：

特莱津

沉沉的轮子碾过我们的前额
把它深深地埋入我们的记忆深处。

我们遭受的已经太多，

在这哀恸和羞辱凝合的此处,
需要一个盲人的标记
以给未来我们自己的孩子,一个证明。

等待了第四个年头,像是站在一个沼泽地的上方
任何一刻,那里都可能喷涌出泉水。

同时,河流奔向另一个方向,
另一个方向,
不让你死,也不让你活。

炮弹没有呼啸,枪声没有响起
在这里,你也没有看到鲜血流淌。
没有这些,只有默默的饥饿。
孩子们在这里偷面包,并且一遍遍地提出同样的问题
而所有的人希望能够入睡,沉默,
然后再一次入睡……

沉沉的轮子碾过我们的前额
把它深深地埋入我们的记忆深处。

没有人知道,这首诗的作者米夫是怎样的一个孩子。
这是特莱津的儿童艺术教育者面对的困境。艺术家弗利德

认为，在这样畸形环境的不断刺激中，孩子们的心灵会非常自然地失去常态。她知道，在这样的窒息中，你不需要时时对孩子说，你要记住苦难。即便你喝令他们忘记，记忆仍然如"沉沉的轮子碾过前额"，已经"深深地埋入记忆深处"。仇恨是自然发生的，很快地，它就会堵住孩子的胸膛。在这样的时候，更重要的，是引导孩子保留一双正常的眼睛，仍然能够看到和理解什么是美；引导他们保留爱的能力，把这样的种子播入孩子们的心田，期待它慢慢地萌芽和生长。

在六十年后的今天，我们了解了真实的特莱津生活，再看弗利德引导的孩子画下的特莱津，我们才能够懂得，弗利德在集中营的儿童艺术教育观的意义。

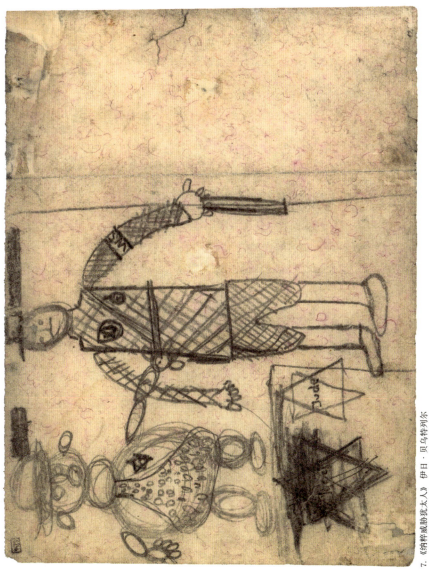

7.《纳粹威胁犹太人》伊日·贝乌特列尔

7.
《纳粹威胁犹太人》(*Nazi Threatening Jew*)

伊日·贝乌特列尔
Jiri Beutler

伊日是个男孩,他出生于一九三二年八月九日。一九四二年九月十八日,他刚满十岁,就被遭送到特莱津。一九四四年五月十八日,还不满十二岁的伊日被纳粹装进货车,送往奥斯威辛集中营。在那里,他马上被送进毒气室,杀死了。

从这张画里,可以看到一个才十岁的孩子,感受到的屈辱和面对暴力的恐惧。才十岁的伊日,把那个纳粹的冲锋队员的装扮画得很仔细,制服、帽子、皮靴,还戴着袖章。他稳当地提着棍子站着,面对弱者,冷酷地胸有成竹。画面上的犹太孩子,当然是静止的。可是,从静止的画面中,你却能感受到她的颤抖。她的胸前挂了一个犹太人的六角星标记。伊日在画面下,就像是一个注解,画了这个标记的放大图样,让我们能够清楚地看到上面标明的"Jude"(犹太人)的字迹。这黄色的六角星、"犹太人"的字样,都是由纳粹逼迫犹太人佩戴特殊标记的时候,给出的标准式样。

伊日,一个刚十岁出头的孩子,实在不是画这样的画的年龄。可是,很不幸,那就是他的童年生活。纳粹规定,只要超过六岁的犹太孩子，上街就必须佩戴这个标记。对一个敏感的孩子来说，一个黄色六角星，不是佩戴在胸前，而是烙在心上了。恐惧和耻辱的感觉令他感到窒息。

在特莱津，伊日终于得到艺术家老师的支持，通过画笔，描绘出自己的经历，倾诉自己的害怕。他得到老师的安慰，他渐渐释放了自己深藏在内心的痛苦感受。相信伊日在画出这张画以后，他开始从震惊中试着找回自己，试着理解发生的一切，也有了更大的勇气面对邪恶。

8.《检查虱子》 赫尔加·维索娃

8.
《检查虱子》(*Checking for lice*)

赫尔加·维索娃
Helga Weissova

    赫尔加是个女孩,一九二九年十一月十日,她出生在布拉格。十二岁的时候,她被遣送到特莱津。在那里,她是孩子们羡慕的对象,因为她是和爸爸妈妈一起被送来的。赫尔加有很高的艺术天赋,在来到特莱津的时候,她也已经有了很好的绘画基础。因此,她没有参加儿童的绘画课,而是独自练习绘画,经常写生。

    这是一幅钢笔淡彩,描绘了特莱津的成人囚徒居住的地方,画面上是一个男人正在检查一位妇女头发里的虱子。特莱津的居住环境拥挤而肮脏,没有必要的消毒药物,寄生虫很普遍。赫尔加非常生动地记录了特莱津的这个生活场景。

    后来,赫尔加的父亲在集中营里悄悄写了一本书,书名是《上帝来到特莱津,他看到这里很糟》。赫尔加还为父亲的这本书作了插图。

    一九四四年十月,十五岁的赫尔加被送往奥斯威辛集中营。她进入了那里的劳动营。一九四五年,她和母亲成为被解救的幸存者,回到了布拉格。她的父亲却没有能够活下来。战后,赫尔加开始接受正规的艺术教育，她后来一直住在布拉格，成为一名艺术家。

在特莱津，住过一万五千个十五岁以下的孩子。我们从特莱津儿童画中可以看到，有那么多的孩子有艺术天分，也热爱艺术。可是，在他们中间，只有一百多个幸存者，侥幸活下来。只有几个人，实现了做艺术家的梦想。

9.《遣送的火车》彼得·赫尔兹鲍尔

9.
《遣送的火车》(*Deportation train*)

彼得·赫尔兹鲍尔
Petr Holzbauer

    彼得是个男孩,他在一九三二年一月二十九日出生,被遣送到特莱津的时候,还不到十一岁——那是一九四二年十二月二十二日,一个冬日,也是彼得生命中最寒冷的日子。遣送的火车是所有特莱津孩子们的噩梦,火车永远地改变了他们的生活轨迹。

    一年半以后的一九四四年五月十八日,彼得又一次上了遣送的火车,这一次,他被送到奥斯威辛集中营,他被杀死在毒气室时是十二岁。

10.《有着长胡子的人》 爱娃·麦德奈洛娃

10.
《有着长胡子的人》(*Man with a Long Beard*)

爱娃·麦德奈洛娃
Eva Meitnerova

　　爱娃是个女孩,她于一九三一年五月一日出生在捷克的普洛斯捷约瓦(Prostĕ jova)。在刚满十一岁的一九四二年七月四日被遣送到特莱津。根据住房的记录,我们知道她住在第十四号房子的第四组。

　　爱娃还是个小女孩,可是很喜欢画画。在特莱津留下的孩子画作中,有她画的二十二幅作品。大多是铅笔画和粉彩画。其中最有意思的是粉彩画《家庭聚餐》(*Seder*)。《家庭聚餐》不仅是聚餐,还是犹太人为特殊的宗教传统节日逾越节举行的仪式,纪念将近两千年前,摩西带领犹太人从埃及人的奴役下出走。在特莱津的儿童画中,有好几幅画,都是孩子们用不同的方式,描绘逾越节聚会的情景。这可以看出爱娃是一个很有观察力的女孩,也可以想见,她是多么怀念全家团聚过节的日子。

　　这张画是用铅笔把一个典型的传统装束的犹太人画在一张有色纸上。爱娃下笔天真,她塑造的人物却是那么生动。那是她印象中的爸爸?叔叔?还是只是一个象征性的犹太人?她已经无法告诉我们了——一九四四年十月二十八日,爱娃被纳粹杀死在奥斯威辛集中营,年龄十三岁。

11.《花园》鲁特·切赫娃

11.
《花园》(*Garden*)

鲁特·切赫娃
Ruth C echova

  鲁特是个女孩,一九三一年四月十九日,她出生在捷克的布尔诺。一九四三年三月十九日,在距她十一岁生日还有整一个月的那天,鲁特被遣送到特莱津。在特莱津犹太人博物馆的儿童画收藏中,有鲁特留下的十二张画作。有粉彩,有水彩,有铅笔素描。她的大多数画作,都是在一九四四年四月至六月之间画的。留给她作画的时间是那么短暂,一九四四年十月十九日,十二岁的小女孩鲁特,被杀死在奥斯威辛集中营。

  可是在这幅画中,我们看到了:鲁特在集中营里仍然没有放弃她童年美好的梦想。她画的是一个傍晚,在一个花园里,树在绿着,花儿在红着,两个小女孩铺下一条毯子,躺在青青草地上。她们望着紫色的天空和落日余晖,想着:长大后,我要……。画这幅画的时候,死亡的阴影已飘到她们头上,可是鲁特用自己的画告诉这个世界:我们是孩子,我们有梦想。

  是什么引起了鲁特创作的想象?在特莱津,没有花园和草地。另一个和鲁特一起生活在特莱津的孩子,留下了一首诗,描绘了空间有限的特莱津,孩子们能看到的、仅有的一点美景——

开花的栗子树和紫色的天空。也许,正是大自然给孩子们送来的这份礼物,触动了鲁特的回忆和创作的灵感?

一个日落余晖的傍晚

在紫色的、日落余晖的傍晚
在一片开着大朵栗子花的树林下
门槛上落满花粉
昨天、今天、天天都这样。

树上的花在散发着美
又是那么可爱,树干苍老
我都有些害怕去抬头偷窥
它们绿色和金色的冠冕

太阳制作了一顶金色的面纱
如此可爱,让我的身体战栗起来。
在上苍,蓝色的天空发出尖利的声音
也许是我微笑得不是时候。
我想飞翔,可是能去哪儿,又能飞多高?
假如我也挂在枝头,既然树能开花
为什么我就不能?我不想就这样凋谢!

这首诗和鲁特的画作一样，也创作在一九四四年。绝大多数特莱津的孩子就在那一年被杀害。人们只知道这个小诗人曾经住在特莱津的L318或者L417的老兵营房子里，却不知道他的姓名。小诗人的年龄当在十岁至十六岁之间，因为住在那两栋房子里的孩子，一九四四年都在这个年龄段里。

12.《有着架子床的房间》 埃丽卡·陶西戈娃

12.
《有着架子床的房间》(*Room with Bunkbed*)

埃丽卡·陶西戈娃
Erika Taussigova

  埃丽卡是个小小的女孩,一九三四年十月二十八日,她出生在布拉格。一九四一年十二月十七日,她被遣送到特莱津的时候,还只有七岁。她先是住在编号CⅢ的房子里,后来搬到第四街区。埃丽卡留下了十六张画,其中有一张还题写着,是送给她的艺术老师弗利德的。她留下的画作中,最后一张注明的日期,是在一九四四年的六月,仅仅四个月以后的一九四四年十月十六日,埃丽卡被纳粹杀死在奥斯威辛集中营。那一天,距离埃丽卡的十岁生日还有十二天。

  在这张画里,埃丽卡既记录了自己的生活,也画出了一个小女孩的憧憬。她们的居住环境始终是拥挤的。埃丽卡却把架子床"推"得远远的,也把现实生活远远地推开,她在画面前面留出了很大很大的空间。在这个她留给自己的幻想空间里,小埃丽卡放上了特莱津所没有的鲜花,她让蜜蜂围绕着花朵,在美丽的花瓶上,刻上了她对生活的爱的印记。那几朵花,不论是颜色还是姿态,都生动而平衡。时时处于饥饿之中的埃丽卡,在花儿的旁边,放上了满满的、美美的一盘果实。

而埃丽卡现实生活中的有着架子床的房间,却是充满哀伤。孩子们饥饿、寒冷、经常生病。一个小男孩在宿舍里生病,他曾经写下一首诗,幻想着妈妈来到身边:

生病

屋子里哀伤而又寂静。
在中间,有一张桌子,还有床。
在床上,有个发烧的孩子。
他的妈妈坐到了他身边。
妈妈手里拿着一本书。
她念了一个他最喜欢的故事
马上,
他就开始退烧。

这个躺在男孩宿舍的铺位上,在病中幻想着妈妈的男孩,叫做弗兰塔·巴斯,你已经认识他了,就是他写下了前面那首名为"家"的小诗。特莱津所有的孩子,都像弗兰塔那样,始终在想家、想妈妈。

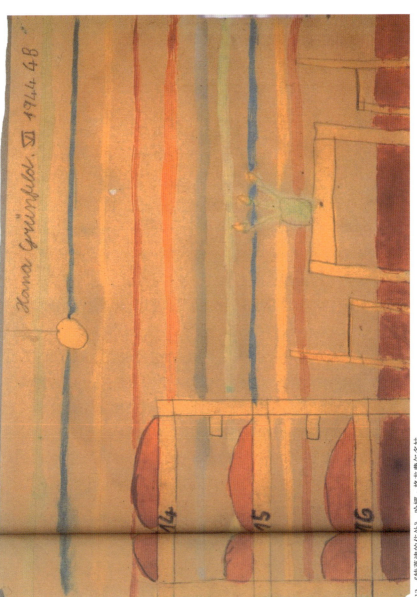

13. 《特莱津的住处》 哈娜·格龙费尔多娃

13.
《特莱津的住处》(*Dwellings in Terezin*)

哈娜·格龙费尔多娃
Hana Grunfeldova

    哈娜是个很小的女孩,她出生在一九三五年五月二十日。一九四一年十二月十四日,被遣送到特莱津时她才六岁半。当时她住在特莱津第六街区。一九四四年,她被杀死在奥斯威辛集中营,只有九岁。这张画就是在她死去的那一年画的。画的右上角注明了姓名日期等,字迹老练,我猜想可能是因为她太小,由老师来替她写的。

    哈娜,和刚才画《有着架子床的房间》的作者埃丽卡一样,都把房间画得很美。她用暗红色处理地板,她给床上的被褥加上了鲜红的颜色,鲜亮的色彩,永远是小女孩最喜欢的。哈娜一定不喜欢生活中那脏脏的墙,于是,她在画中的墙上,一道道地加上了她喜欢的彩色线条。她和埃丽卡一样,一定要在桌子上,放上一瓶花儿。也许因为她们记得,在家的时候,妈妈是一直在桌子上放花儿的。

    在没有花园和鲜花的特莱津,花儿却是孩子们永恒的主题。我却想起一个生病的孩子的诗:

特莱津的痛苦,在我身上击出火花

十五个床,十五个装着名字的格子,
十五个人,没有一点亲属联系。
十五个身体,病痛和药片对他们折磨,
床上污染着陈年的红色血迹。
十五个身体渴望在这里活下去。
三十只眼睛在寻求着安宁。
剃光的头,是我们和外面世界的鸿沟。
忍受折磨的圣洁,和我没有关系。

空气显得可爱,一天天,
闻着带点焦油味儿,有点奇怪。
护士拿着体温计,
母亲们在微笑之后慌张地摸索。
食品在这里如此稀缺。
长长的夜晚,跟着简洁的白天。

可是,不管怎么,我不想离开
这明亮的房间和这发烧的脸蛋,
护士留给他们的只是一个空影
也帮了这些小小的受苦人。

我愿意留在这里,一个小病人,
等着医生每日的访问,
很久很久以后,我又会重新好起来。

然后,我愿意活着
直到重新回家的一天。

没有人知道,这个生病的孩子,最后是否走出病房。他没有留下姓名。

14.《瓶中的花》埃丽卡·陶西戈娃

14.
《瓶中的花》(*Flower in Jar*)

埃丽卡·陶西戈娃
Erika Taussigova

　　这是前面那幅《有着架子床的房间》的作者，画的另一幅瓶花（局部）。瓶中盛开的是鸢尾花。

　　小埃丽卡仔细地描绘着记忆中鸢尾花的细节。也许在埃丽卡家，妈妈在屋后的小花园里，就种了大片的鸢尾花。

　　鸢尾花有着宽宽的美丽的叶子，它的根茎很强健，在最差的条件下也能够顽强生存。只要春天来临，鸢尾花就一定会伸出细细长长的花茎，顶着那花儿，大片大片、大朵大朵地盛开起来，放出生命的光彩。

15.《长胡子的男人》 哈努什·克劳贝尔

15.
《长胡子的男人》(*Man with a Mustache*)

哈努什·克劳贝尔
Hanus Klauber

　　哈努什是个男孩，他出生在一九三二年五月十二日。一九四二年一月十八日，他才九岁半，就从捷克的皮尔森（Plzen）被遭送到特莱津。一九四四年九月二十八日，他被送往奥斯威辛集中营，在那里被杀时才十二岁。

　　他画完这张画之后，又把它剪了下来。也许，他本来想把它带在身边？那是爸爸的模样吗？

　　这让我想起另一个特莱津孩子写给父亲的书信体诗：

　　　　还有，爹爹，快点来
　　　　而且看上去显得快活点！
　　　　您不高兴的时候，妈妈就很伤心。
　　　　而我是多么想念她闪闪发光的眼睛。

　　　　您答应了给我带书的
　　　　因为，真的，我没有书可读。
　　　　所以请求您，明天就来，就在日落之前。

我肯定会很开心。

现在我必须打住。妈妈让我捎上她的爱。
听到您的脚步响起来,我会欢天喜地。
在您没有和我们团聚之前,
我送上我的问候和亲吻。

您忠实的儿子

不知道这首诗的作者是谁。只知道,和许多孩子相比,他已经算是幸运的,因为他的母亲也在特莱津。许多特莱津的孩子们,双亲都在遥远的地方,甚至生死不明。

16.《鸟和蝴蝶》 作者未留下姓名

16.
《鸟和蝴蝶》(*Bird and Butterfly*)

作者未留下姓名

那些鸟儿和花朵，都是孩子用废旧的表格纸涂色以后，剪贴而成。可是，画面却是那么生机勃勃。他们的艺术老师弗利德一直相信，在正常环境中，儿童们更容易具备健康的心态，因为他们还没有被成人世界中滋生的一些邪恶和欲望所污染。她主张在儿童教育中，尽可能多地让孩子们保留这样的心灵状态，使他们在进入世界、参与塑造世界的时候，也尽可能多地保留那片心灵的净地。

在集中营的世界里没有蝴蝶的时候，弗利德想让孩子们在记忆和想象中艺术地再现出美丽的蝴蝶。

可是，弗利德面对的是一个最邪恶的世界。整个犹太民族更是面临着巨大的压力和可能的心灵扭曲。这个时候，弗利德仍然相信要用真善美的观念来进行儿童教育。她要坚持维护犹太民族的未来，维护那些孩子们的幼小灵魂。因此，她竭力用艺术教育、用可能的一切艺术手段，使得孩子们保持正常儿童对美的敏锐感受。她在为民族保存一个未来。虽然在那个时候，她的想法，听上去是那么不可思议。

今天,所有的孩子们,而且,不仅是孩子,所有善良的人们,都看懂了弗利德和她的孩子们的画。

特莱津一个年轻人的诗在今天传唱着,人们也读懂了这首诗:

蝴蝶

那一只,就是上次那一只,
那么丰富、明亮、耀眼的黄色,
或许,那是太阳金色的泪水
滴在白色的石头上……

那样、那样的一种金黄
轻盈得翩然直上。
它离去了,我相信,这是因为
它自己要告别这个世界。

我在这里住了七个星期,
被囚禁在这个集中营。
可我已经发现,这里有我喜爱的东西。
蒲公英在招呼着我
还有院子里开着白花的栗树枝条。
只是,我再也没见到另一只蝴蝶。

那只蝴蝶,是最后的一只。

蝴蝶不住在这里,

不住在集中营。

这个写诗的年轻人叫做巴维尔·弗里德曼(Pavel Friedmann),一九二一年一月七日,他出生在布拉格。他被遣送往特莱津,是在一九四二年四月二十六日,那年他刚满二十一岁。一年以后的一九四四年九月二十九日,他被杀死在奥斯威辛集中营,二十三岁。

巴维尔和那些特莱津的孩子们,用他们留下来的诗和画,让我们相信,实现弗利德的追求、孩子们的追求——是可能的。

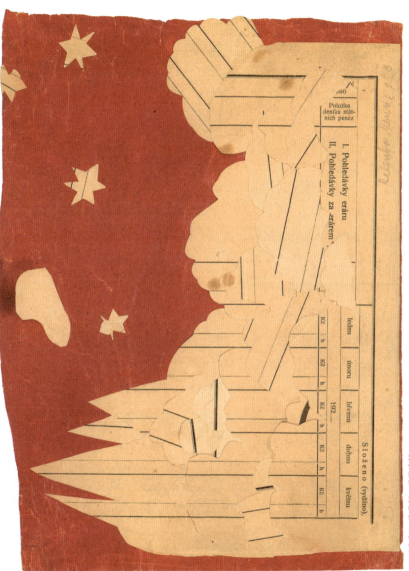

17.《夜空》·曼德洛娃

17.
《夜空》(*Night sky*)

海伦娜·曼德洛娃
Helena Mandlova

海伦娜是个女孩,她于一九三〇年五月二十一日出生在布拉格。一九四一年十二月十七日,她被遣送到特莱津,那时她才十一岁半。她住在L410的二十八号房间。她是艺术家弗利德的学生。一九四三年十二月十八日,她十二岁半的时候,被杀死在奥斯威辛集中营。

海伦娜的铺位也许是在窗边,能够透过窗户,看到特莱津的夜空。她和她的同伴们,许多人一起挤在狭小的空间里,唯有窗外的夜空让她暂时忘却可怕的现实。

另一个女孩(爱娃·舒佐娃 Eva Schuzova)写道:

> 于是,有一些人争执起来。
> 其他人试着让她们安静下来。
> 最后,一个又一个,她们不再作声,
> 她们睡着了。
>
> 还有多少个夜晚

我们要住在这里?
我不知道,
只有上帝有数。

爱娃出生在一九三一年七月二十日。天天想回家的爱娃,再也没有能够回家。一九四三年十二月十八日,十二岁的爱娃,被杀死在奥斯威辛集中营。

18.《渔趣节聚会》 多丽丝·维塞洛娃

18.
《逾越节聚会》(*Passover Seder*)

多丽丝·维塞洛娃
Doris Weiserova

    多丽丝是个女孩,她于一九三二年五月十七日出生。一九四二年六月三十日,她刚满十岁,就从捷克的奥洛穆兹(Olomouc),被遣送到特莱津。一九四四年十月四日,她再被遣送到奥斯威辛集中营,被杀死在那里,当时她十二岁。

    这张画是用蜡笔和铅笔画的。在特莱津留下的儿童画中,有不少孩子,画过家庭的逾越节聚会。逾越节是犹太民族的一个重要的宗教节日,纪念他们信仰的神把他们从埃及人的奴役之中解救出来。在此之前,他们只是没有希望的奴隶,在此之后,他们跟随着神的使者摩西,历经千辛万苦走出埃及,获得了自由。因此,这也是一个纪念民族的自由和重生的节日。自由,对于犹太人来说,是最为宝贵的。

    因此,在逾越节那天,犹太人家庭总是聚集在一起,郑重地穿上节日的服装,举行传统的仪式。他们会轮流朗读那本一代代传下来的经书,上面记载着摩西带领他们出埃及的故事。他们因此重温祖先被奴役的历史,感受自由的可贵,感激神的恩惠;也因此传承了民族的历史,坚定了自己的信念。

逾越节也可能是几个有亲属关系家庭的共同聚会,所以,有时人很多。在这张画上,多丽丝画了十一个人的聚会。在那一天,妈妈总是端上最好的食物,有一些传统的食物是不可缺少的,那些食物有着一定的象征和含义,都是和这段历史有关。

多丽丝和她在特莱津的小伙伴们,再也不能按照传统,在家里过逾越节。亲人四散,他们甚至不知道自己的父母和兄弟姐妹在哪里。可是,多丽丝和其他一些孩子,用笔在纸上画下了他们的逾越节聚会,那不仅是对家的怀念,也是用另一种形式,表达他们的民族认同和宗教信仰。

我注意到,多丽丝,还有所有的特莱津犹太囚徒和孩子们,从某种意义上来说,和其他一些地区遭受迫害的人们,有着很大的不同。

有一些地方,那些遭受厄运的人们,面对迫害者不断重复的强盗逻辑,会完全失落了自我,失落了判断的能力。渐渐地,他们开始顺从这样的逻辑,相信自己是有罪的,开始相信迫害者掌握着某种他们还不十分理解的真理。在这样的时候,他们会心理崩溃,失去对善恶的判断能力。不要说孩子,就是成年人的精神都被拦腰斩断,再没有什么东西能够撑起他们。

而特莱津集中营里的囚徒和他们的孩子们,精神是健全的。尽管纳粹一再试图证明,犹太人是一个罪恶和肮脏的民族。可是,即使是一个十岁的女孩,她都对自己的民族充满自信。孩子们毫不迟疑地握住长辈和老师们伸过来的手,从他们那里汲取知识和文明的养料，汲取力量。他们相信，即便在生命的最后一刻，他们的精神、心灵依然是有所依托的。

多丽丝是有信仰的，特莱津的孩子们是有信仰的。

19.《女孩向窗外望去》 妮娜·列德雷洛娃

19.
《女孩向窗外望去》(*Girl Looking out of the Window*)

妮娜·列德雷洛娃
Nina Ledererova

　　妮娜是个女孩，一九三一年九月七日，她出生在布拉格。一九四二年九月八日，十一岁生日的第二天，妮娜被遣送到特莱津，分在第二组。她总共留下了十张画作。她的最后两张作品画于一九四四年五月九日。六天以后，一九四四年五月十五日，妮娜被杀死在奥斯威辛集中营，她还不到十三岁。

　　不知你注意到没有，这些孩子，我们都不知道他（她）们长得是什么样子。大多的孩子，连同他们的整个家庭，都成了这场浩劫的死难者。他（她）们的形象、故事，就这样从地球上消失了。看着这张画，我总觉得，画里的女孩，就是妮娜。也许她自己就曾经梳着这样的发式，有一件这样的花衬衫，还有她喜欢的一条裙子。也许，她的家里，以前就天天都插着这样一瓶鲜花。那个大大框子的暗红色，就是妮娜家里窗框的颜色吗？在妮娜的记忆里，她家的窗子一定很大很大。她可以看到窗外美丽的风景，绿色的河岸，有着大鱼的蓝色河流，还有那个划船的勇敢小伙子，那是妮娜的哥哥吗？妮娜，你有没有一个哥哥？

　　我们再也无法从她那里找到答案了。

　　另一个女孩，阿莱娜·森科娃（Alena Synkova），写出了

特莱津女孩站在窗前的更多思绪:

我要独自离去

我要独自离去,去到一个地方,
那里的人不一样,他们更为善良,
那个地方很远,谁也不知道在哪儿,
在那里,一个人不杀死另一个人。

也许,我们更多的人
一千倍的坚强,
就能达到这个目标
在为时太晚之前。

这首诗的作者阿莱娜,于一九二六年九月二十四日出生在布拉格。一九四二年十二月二十二日,她十六岁的时候,被遣送到特莱津。一九四四年五月,她被解救,回到了布拉格。

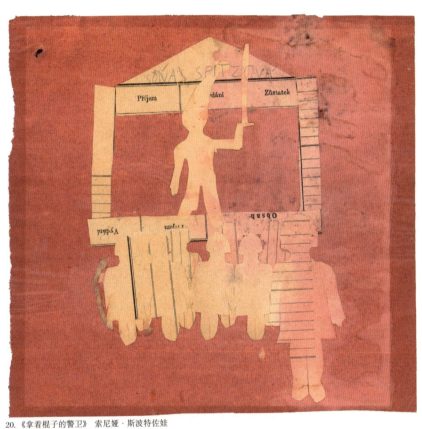

20.《拿着棍子的警卫》 索尼娅·斯波特佐娃

20.
《拿着棍子的警卫》（*Guard with Stick*）

索尼娅·斯波特佐娃
Sona Spitzova

索尼娅是个女孩，她出生在一九三一年二月十七日。在她还不到十一岁的时候，就被遣送到特莱津，那是一九四一年十二月十日。三年后的一九四四年十月六日，她又被送往奥斯威辛集中营，在那里，纳粹杀死了她，虽然她只有十三岁。

由于得到纸张很不容易。所以特莱津的孩子们经常用废纸作画。这张剪贴画，是索尼娅用废表格纸创作的。她在画出特莱津的现实：她自己和同伴们在台下，听那个拿着棍子在威胁他们的警卫训话。这是一幅经过了艺术剪裁的画作。

在特莱津，不仅有警卫的威胁，还有疾病和死亡的威胁。另一个叫做爱娃·波兹科娃（Eva Pickova）的十二岁女孩，曾经用诗写出了她感受到的惊恐和害怕。

恐惧

今天，集中营有了一种新的惊恐，
被它攥在手心，死亡挥舞起冰刀。

邪恶的病菌活跃地散布着恐怖，
在它阴影下的牺牲者，在哭泣挣扎。

今天父亲的心跳，在传达他的搏斗，
而母亲们，在用手盖住她们低下的头。
现在，这里的孩子们抽搐着死于伤寒。
这是从父母那里取走的一笔痛苦的重税。

我的心仍然在胸腔里跳动，
当朋友们在告别，去往另一个世界。
或许这样更好——谁知道？——
今天就死，免得看着发生的一切？

不，不，我的上帝，我要活着！
别看着我们的编号都被熔化掉。
我们要一个更好的世界，
我们要工作——我们不能死！

  写下这首诗的爱娃也是个女孩，她于一九二九年五月十七日出生在捷克的宁布尔克（Nymburk）。一九四二年四月十六日，还不到十三岁的爱娃被遣送到特莱津，这首诗是她刚刚到达以后不久写的。一九四四年十二月十八日，爱娃被杀死在奥斯威辛集中营。热爱生命的爱娃，没有能够看到自己的十六岁生日。

21.《黑屋子里的星光》索尼娅·斯波特佐娃

21.
《黑屋子里的星光》(*Starlight in Dark Room*)

索尼娅·斯波特佐娃
Sona Spitzova

    前面那幅《拿着棍子的警卫》的画作者索尼娅，还创作了这样一张画：《黑屋子里的星光》。

    这张画没有像前一幅作品那样，直接地描绘警卫、棍子以及站在威胁面前的特莱津囚徒，而是画了一个非常静谧的场景。然而，这幅画却更深地打动了我。一个小女孩画出了这样一种心情，表达着包围在她四周的黑暗和她内心的惶惑。她又害怕黑暗，又希望在黑暗中隐藏起自己。那空无一人的、孤零零的桌椅台灯，传达着无法挣脱的孤寂。但她并没有被窒息，那微弱的星光，就像希望一样，透过唯一的窗户，在黑暗中引导，点出一条出路。

    看着孩子们留下的画，我常常暗暗惊叹弗利德这样的艺术家，在对孩子们的艺术教育中起的作用。因为这里有那么多超越孩子们年龄的、有深度的艺术表达。尽管笔触有时或许是幼稚的，可是产生的视觉效果却震动人心。我也想到，成年的艺术家们只是起了点拨的作用，是非常时期的生活体验，使得孩子们不可避免地提早离开童年，过早成熟起来。在这里，我再

录下一个特莱津孩子的诗:

> 黎明沿着集中营的街道匍匐前行
> 拥抱着每一个路上的行人。
> 只有一辆车,就像是来自久违世界的一个问候
> 用挚热的眼睛吞下黑暗——
> 那甜蜜的黑暗覆罩在灵魂之上
> 医治那些被白昼照亮的伤口……
> 沿着街道,光亮在走来,而人的队列
> 像一条黑色的缎带,抹上了朦胧的金色。

从笔迹辨认,这个孩子一共留下了四首诗。这首诗的下面,注明了写于一九四三年。在另外的一首诗下面,作者写了L410,那是女孩住的地方,所以,我们知道,诗作者是一个敏感的女孩。她没有签名,所有关于她个人的信息,就都是缺失的。

22.《夜色中的房子》 迪塔·波拉霍娃

22.
《夜色中的房子》(*Building at Night*)

迪塔·波拉霍娃
Dita Polachova

  迪塔是个女孩,她出生在一九二九年七月十二日。在她十三岁的时候,一九四二年十二月二十日,她被遣送到特莱津,又在一九四三年十二月十八日,被遣送到奥斯威辛集中营。非常幸运的是,迪塔在一九四五年被解救。今天,迪塔生活在以色列。

  迪塔在夜色中想些什么?我们不知道。可是,有一个孩子写了一首诗,也许在夜色中,她们会有一些共同的感受?

集中营的夜晚

又一天离去了,被保存在
时间无底的深坑里。
它再次伤害了一个人,他被
自己的同类俘获囚禁。
黄昏之后,他急切地找寻绷带
寻找那柔和的手,遮住他的双眼

这样，就躲避了瞪着他的白天。
可是，在这集中营里，就连黑暗
也是一种令人厌倦的眼睛，你昼夜
都无处逃遁。

还记得我在讲上一幅画《黑屋子里的星光》时，提到的那首诗吗？这两首诗是同一个作者写的，就是那个住在L410的敏感女孩。在这首诗下面，她还是没有签名。

23.《帆船》莉莉·博巴肖娃

23.
《帆船》（*Saiboat*）

莉莉·博巴肖娃
Lilly Bobasova

莉莉是个女孩，我不清楚她的情况，可是，这是一张令人印象深刻的画。每次看到它，总使我想起一个特莱津孩子埃德娜·阿米特（Edna Amit）对艺术教师弗利德的回忆。弗利德在教她画画的时候，对她说："你要用光明来定义黑暗，用黑暗来定义光明。"

这张画似乎在告诉我们，特莱津的孩子们，从集中营里犹太民族最杰出的人那里，究竟学到了一些什么。

那个十三岁被杀死在奥斯威辛集中营的男孩，弗兰塔·巴斯，在用他的诗回答：

我是一个犹太人

我是一个犹太人，永远不会改变，
纵然我要死于饥饿，
我也不会屈服。
我要永远为自己的人民战斗，

以我的荣誉。
我永远不会因身为犹太人而羞耻,
我向你起誓。

我为我的人民骄傲,
他们是多么自尊。
不论我承受怎样的压力,
我将一定,恢复我正常的生活。

24.《日落》 赫尔加·波拉科娃

24.
《日落》(*Sunset*)

赫尔加·波拉科娃
Helga Pollakova

赫尔加是个女孩,她出生在一九二八年十二月十一日。一九四三年五月十五日,她十四岁半的时候,被遣送到特莱津。一九四四年十二月十九日,她再次被遣送出去,却幸存下来了。她画下了多么动人的一幅"日落"。

她回忆自己的艺术教师弗利德时说:"并不是绘画教学的技艺使得孩子们变得不一样,而是她给孩子们传达的自由的感觉——是她自己内心对自由的感情,而不是技艺。"

一个无名特莱津孩子写过这样一首诗:

暮色

暮色乘在傍晚的翅膀上飞来……
是不是从那里来,替他捎来了问候?
你能不能替他亲吻我的嘴唇?
我多么想回到我出生的地方!

也许只有你，静静的暮色，
知道我衣襟上的泪水
从我那渴望的眼睛里淌出
渴望见到棕榈树和橄榄树
站在以色列的土地上。

也许，只有你会明白
这个神的女儿
在为她的埃尔伯河上的小城哭泣
甚至害怕再见到它。

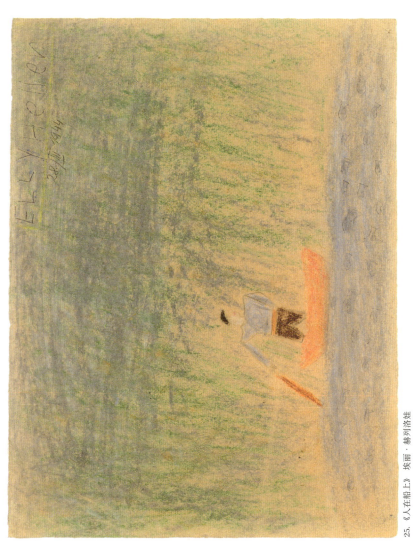

25.《人在船上》埃丽·赫列洛娃

25.
《人在船上》(*Man on a Boat*)

埃丽·赫列洛娃
Elly Hellerova

　　埃丽是个女孩,一九三〇年九月十五日,她出生在布拉格。一九四二年十二月二十二日,十二岁的埃丽被遣送到特莱津。她被分在第四组。

　　她留下了九张画作,都是在一九四四年上半年画的。这个女孩的色彩感觉真好,画面布局也恰到好处。她在画出她的梦想,天地和河流,自由的一叶扁舟。

　　另一个特莱津的女孩在她的诗里也写到了船:

给奥尔加(Olga)

听啊!
船上的笛声响起来了
我们一定要扬帆
去一个未知的港湾。

我们要驶出很远很远

梦想就会实现。
噢,那地名多么甜蜜,摩洛哥!
听啊!
是时候啦。

风儿在唱着远方的歌,
只要抬头看着天空
再想一想紫罗兰。

听啊!
现在,是时候啦!

　　这首诗的作者,就是写了我曾在前面念给你听的《我要独自离去》的那个女孩阿莱娜·森科娃。在这首诗里,她已经在大声呼喊着,心在飞向自由。
　　阿莱娜和埃丽,这两个都幻想着自由远航的女孩,她们的命运是如此不同。阿莱娜活到了一九四四年五月,被解救出集中营。而十四岁的埃丽,却在一九四四年十月六日,被纳粹杀死在奥斯威辛集中营。

26.《火》库尔特·科拉列克

26.
《火》(*Fire*)

库尔特·科拉列克
Kurt Koralek

    库尔特是个小男孩，他出生在一九三二年。我们不知道他怎么来到特莱津的，只知道他来的时候还不满十岁，因为在他十岁的时候——一九四四年，他已经被杀死了。

    库尔特画的这张画真美。构图、色彩都很舒服。那是一个美丽安静的村庄，山坡上，站着大树。可是，库尔特的主题是"火"。那个美丽家园是"火"的反衬。也许，这是库尔特对家乡生活的回忆？在很多农村有烧荒，或者烧出防火道的习惯。也许，小小年纪的库尔特，就曾经站在这山坡旁，被眼前的景象所震慑。和平、安宁、美好，是那么迷人。可是，在远处，是舞动着的、滚动推进的浓烈火焰和硝烟的威胁。这样的强烈对比：宁静的美和被毁灭的威胁，都给库尔特留下了不可磨灭的印象。

    在库尔特想家的时候，也许，他很自然地就画下了记忆中印象最深的一幕。可是，画完之后看着画面，他或许想到眼前的这个世界，悟到了一些别的什么？

    在死亡的威胁下，孩子们的心里，永远装着自己安宁美丽的家。那是他们勇气的来源。

一个叫哈努什·哈申布尔克（Hanus Hachenburg）的孩子写了这样一首诗：

我的乡村

我在心里装着我的乡村，
那是为我的，就为我自己！
美丽的纤维在编织起来
它保存了一个永恒的梦。

我亲吻拥抱我的土地，
在它面前，多少岁月流过。
这土地不仅在地球上
不论在哪里，它也在我们心中。

它在蓝色天空中，在星星里，
只要是有鸟儿生活的地方。
今天我在我的灵魂里看到它，
我的心立刻沉沉地盛满了眼泪。

终有一天，我要高高地飞翔。

从我身体的重负中解脱，
自由地在广阔中飞翔，自由地飞出很远很远，
和我在一起的，是我自由的村庄。

今天那是一个小小的、捧在手心里的梦
围绕着它的却是遥远的地平线
在这些沉甸甸的梦里
还微微闪着战争暴怒的反光。

有一天，我要走进我的村庄，
我要享受我的家乡，
那是我的乡村！那是你的家乡！
那里没有"我"和悲伤。

  写诗的哈努什是个男孩。一九四三年十二月十八日，他和妈妈一起，从特莱津被遣送到奥斯威辛集中营的所谓"家庭营"。当纳粹在奥斯威辛集中营准备好大规模的毒气室以后，曾经欺骗囚犯们，谎称那个等候毒杀的住处是专为改善囚犯处境的"家庭营"。哈努什在集中营的文字材料上留下的最后记录，就是他的这次遣送。从此，他和妈妈就像从人间蒸发了一样了无痕迹。战后，他幸存的伙伴们想尽一切方法，怀着最后的侥幸寻找他。他们求助于红十字会的失踪人员寻找机构，查找能够得到的所有的幸存者名单，都没有哈努什的任何线索。他的

小伙伴们都记得，十四岁的哈努什曾经写下一首在特莱津广为流传的诗，那首诗的名字是"钟声"。在特莱津，每天清晨，囚犯们都是被一个起床的钟声惊醒。在这首诗里，哈努什写到囚犯们的梦，写到他们如何在梦中回到自己的家。可是，最后，那起床的钟声把他们带回没有悲悯的现实之中。

那些幸存的小伙伴们绝望了。他们说，那"钟声"，就是我们的哈努什用文学语言对这个世界最后的告别。

27.《特莱津小院之景》 作者未留下姓名

27.
《特莱津小院之景》(*Court of Terezin*, *anonymous*)

作者未留下姓名

那是萧瑟的冬景,我们不知道作画的孩子是谁。从画面的视角,可以看出来,这个孩子是站在另一栋楼的窗口。他在往下看着。这时候,他在想些什么?

我们已经熟悉的小男孩诗人哈努什,写过他在窗前的思绪:

思绪

我站在一个角落,望着窗户
看着这个让我心碎的地方
在床上是海德跛行的影子,
一个失常的孩子突然举起手,哭叫着:
"妈妈!……
妈妈,来这里,让我们一起玩
让我们亲吻,我们一起说说话!"
可怜的人们,失去常态的人们,悲惨的形象,
被冬天包裹,他们走着

冻得发抖，想要大叫一声
在他们的末日之前：

"妈妈，抱着我，我是一片快要凋落的树叶。
看看我是多么枯萎，我觉得好冷哦！"
当这可怕的合唱在老兵营的房子间回荡，
我——也推开窗户——和他们一起嘶唱。

28.《公园》哈娜·图尔赫夫斯卡

28.
《公园》(*Park*)

哈娜·图尔赫夫斯卡
Hana Turnovska

哈娜是个女孩,她出生在一九三二年。一九四四年被杀死的时候,她十二岁。

哈娜在特莱津集中营里画出了她梦想中喜爱的公园,她想念过去快乐的日子。

一个无名的特莱津男孩,写过这样一首诗:

遗忘

对你嬉戏的记忆、安静的记忆一直在缠绕着我
只是为了提醒我,曾经对你倾注过多少爱。
也许,当你再次甜蜜地亲近我,我会微笑起来,
你是我的信心,我最亲爱的朋友。

对你的甜蜜记忆,讲着一个童话故事
我的小女孩怎么迷路和失踪,你看。
讲着,讲着一个珍贵宝贝的故事,

叫来小鸟,把她带回给我。

飞回去找到她,轻轻地、缓缓地,问她,
她是否有时也怀着爱,想起我,
在你离开之前,也问问,她好吗?
我是否还是她最亲爱的宝贵鸽子。

然后快快飞回来,不要迷路,
然后我才能去想别的事情,
可是,你太可爱了,多半不会留下。
可我已经爱过你了,再见,我的小可爱!

这里的孩子们都曾有过美丽的家园、快乐的时光。

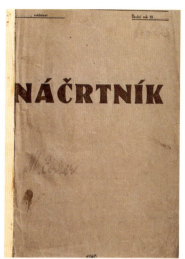

29. 无题 米兰·埃斯莱尔

29.
无题

米兰·埃斯莱尔
Milan Eisler

  米兰是个头发剪得短短的、胖墩墩的男孩,一九三二年出生。十三岁那年,他被解救,幸存下来。
  米兰是个很有天赋、也非常喜欢画画的孩子。他收集了一些旧纸,给自己做了一本小小的速写本,画着铅笔和水彩的速写和风景。他把这本速写本一直保留到今天。他记得,一个大人很惊讶他的绘画能力,就把他带到艺术家弗利德面前,告诉她,这是个特别有天分的孩子。他记得自己是到女孩们的宿舍里去见弗利德的,从此,弗利德给了他很多帮助,在一张水彩的花卉下面,他诚实地注明:"在弗利德太太帮助下画成"。
  米兰的画大多都是写实的。也有抽象剪贴。弗利德在教学中善于激发孩子们的想象力和幻想能力,也鼓励他们对新的艺术形式作自由的探索。所以,特莱津孩子们留下不少抽象的画作。
  这是米兰·埃斯莱尔的照片,还有他速写本的封面和里面的两张画。

30.《风景》埃丽卡·斯特兰斯卡

30.
《风景》(*Landscape*)

埃丽卡·斯特兰斯卡
Erika Stranska

    埃丽卡是个女孩,她出生在一九三〇年。我不知道她来到特莱津的日期,只知道,在一九四四年埃丽卡被杀害,那时她十四岁。

    我愿意相信,画上是埃丽卡记忆中的家。她剪贴的时候,用的还是被废弃的表格纸,但色彩是多么明朗。在埃丽卡的心中,家和童年,也曾经是那么明朗。她还没有忘记她心爱的小猫咪,在作画的时候,她一定很想念它。

    埃丽卡知道,正常的世界应该是美好的。

    一九四一年,一个不知姓名的特莱津孩子写道:

小鸟的歌唱

他一点不知道世界是什么样
他待在他的窝里,从不出去。
我不知道他在唱着什么,
这个世界充满了爱。

当露水在青草上闪光
大地飘浮着晨光,
一只黑色的鸟儿在枝头歌唱
在夜晚之后,向黎明问候。
于是我知道,活着是多么美好。

嗨,向着美丽,试着打开
你的心:哪天去到树林里
假如泪水模糊了你的小路
你会知道,活着,
是多么美妙。

31.《风景》贝特日藤·霍夫曼

31.
《风景》(*Landscape*)

贝特日赫·霍夫曼
Bedrich Hoffmann

贝特日赫是个男孩,出生在一九三二年,一九四四年被杀死的时候,他十二岁。

画面上是他记忆中的家乡。在冷冷的特莱津,孩子们却画着、剪贴创作着这样暖暖的艺术作品。

一个叫做兹德涅克·奥尔内斯特(Zdenek Ornest)的孩子写道:

只是一点温情

我羡慕你那一点点暖意,我的朋友,
当我带着冷冷的编号数字,爬出我的床,
当我除了冷,没有别的感觉
却仍然被我可爱的梦想环绕。

没有想到要被迫在冰冷的龙头下冲洗
慢慢地,我被淹没,不是在我的羞耻里,而是污秽。

哦,可爱的一点温情,哦,如此亲切得到的温情,
我愿意在你的仁慈中温暖我自己。

当我最终醒来,带着一颗沉重的心,
我饥肠辘辘,我哭了
想到我现在必须放弃所有的希望。
我希望自己睡着,睡着,只是睡着。

32.《台阶上的花盆》 安娜·格龙瓦尔多娃

32.
《台阶上的花盆》(Flowers on Steps)

安娜·格龙瓦尔多娃
Anna Grunwaldova

    安娜是个女孩,出生于一九三〇年。一九四四年被杀害的时候,她十三岁。

    这是一幅剪贴涂色的画。大块的颜色用得很重,对比强烈。色块的比例恰到好处,窗子使得整幅画构图均衡。画是抽象的、象征的,又是具象的。那一盆盆的花儿,重复却并不单调。整个画面很完整。

    在看着这些特莱津孩子的绘画时,他们后面的艺术教师呼之欲出。是他们发掘和引导了这些孩子潜在的艺术才能。身处集中营的特莱津孩子们,没有机会像正常学校里的孩子们那样,做很多训练。可是,他们的艺术感觉、判断力和表达是那么好。而这些,又是出于一种平和的心境。在艺术教学的时候,教师力图把孩子们从恐惧、焦虑、惶惑的心理状态中引开,让他们拾起他们失落的、最宝贵的东西。

33.《花儿和蝴蝶》莉莉亚娜·弗兰克诺娃

33.
《花儿和蝴蝶》(*Flower and butterfly*)

莉莉亚娜·弗兰克诺娃
Liliana Franklova

莉莉亚娜是个女孩,她出生在一九三一年。一九四四年,她死去的时候,十三岁。

你已经熟悉的男孩弗兰塔·巴斯,他还写过一首名为"花园"的诗:

> 一个小花园
> 充满芳香,长满了玫瑰。
> 窄窄的小路
> 有个男孩沿着小路散步
>
> 小男孩,甜甜的小男孩,
> 就像盛开的花朵。
> 花儿再次开放,
> 小男孩却不见了。

34.《城市》约瑟夫·克劳茨

34.
《城市》(*The Town*)

约瑟夫·克劳茨
Josef Kraus

  约瑟夫是个男孩,他出生在一九三〇年。一九四四年他被杀死的时候,十四岁。

  约瑟夫一定是个城市孩子。他在画中仔细地描绘了一个城市的边缘。他一定也像许多男孩一样,喜欢火车,所以,他的记忆中才会有那么多的细节。在家的时候,他一定常常去看他喜欢的火车。可是,他没有想到,遭送的火车把他的生活送上了另一条轨道。

35.《风景》玛尔吉特·盖尔特玛诺娃

35.
《风景》（*Landscape*）

玛尔吉特·盖尔特玛诺娃
Margit Gertmanova

    玛尔吉特是个女孩，她出生在一九三一年。一九四四年她被杀死的时候，十三岁。

    这是玛尔吉特记忆中的家乡吧。这也是最寻常的捷克风景，那是个美丽富饶的国家。和欧洲的其他国家一样，每一个村庄、城镇的中心，总是矗立着一个教堂。在玛尔吉特的画中，人是渺小的，而天地山川是舒展而宽阔的。你可以感受到清晨湿润的空气，万物在晨雾中萌发。这就是孩子心中的和平。和平不是抽象的，它就是家和家乡，就是花草树木，就是虫鸣鸟叫，就是自由自在地在大自然里漫游。

36.《风景》 盖里特·克雷洛娃

36.
《风景》(*Landscape*)

盖里特·克雷洛娃
Gerti Kleinova

  盖里特是个女孩，她出生在一九三〇年。她是特莱津很少的幸存者之一。

  这张画也是利用废旧的表格纸做成的。几个非常简单的色块，就成为一张美丽的风景画。被那块黑色的山一压，画面就稳住了，而山后半露着脸的太阳，又打破了这黑色带来的沉闷。那一点点黑色的飞鸟和树干，在另一个方向作出了呼应。

37.《我和你》 基蒂·布龙内洛娃

37.
《我和你》(*You and Me*)

基蒂·布龙内洛娃
Kitty Brunnerova

基蒂是个女孩,她出生在一九三一年。一九四四年被杀害的时候,她十三岁。

那是在艺术课上,老师要大家画水彩画。也许,基蒂以前从来没有画过水彩画,她照着老师教的方法,先在纸的一边,画上了一块块的色标。寻找对水彩颜色的感觉。然后,她大胆地开始下笔了。她画上了两个人,也许那个有着爆炸式蓬松头发、惊讶地望着这个世界的小孩,就是基蒂自己。

38.《有圣诞树的桌子》爱娃·沃斯特内沃娃

38.
《有圣诞树的桌子》（*Table with Christmas Tree*）

爱娃·沃斯特内沃娃
Eva Wollsteinerova

爱娃是个女孩，她出生在一九三一年。一九四四年被杀害的时候，她只有十三岁。

爱娃一定是个细心的小女孩。她认真地画了一张堆满杂物的小桌子，很特别的是，这张桌子上放着一棵小小的圣诞树，在圣诞树的顶上，还有着一颗飘着缎带的小星星。这是人们在装饰圣诞树的时候通常的做法，说它很特别，是因为在犹太民族的宗教节日里，是没有圣诞节的。

在捷克，信奉自己宗教的犹太人和基督徒们，经常都是混合居住在同一个社区里，他们的孩子们在一起上学，成为好朋友。我记得曾在一本书里，读到对不同信仰的孩子们交往的描写：在犹太人过节的时候，犹太孩子邀请基督徒小朋友来一起聚餐；在基督教的节日里，犹太孩子好奇地跟着与自己信仰不同的小朋友，去他们的教堂玩。爱娃一定很喜欢圣诞树，也许，她很羡慕自己的小朋友，能有这样一棵可爱的小圣诞树，一直希望也能够得到一棵。所以，在画画的时候，就想起了它。我想，爱娃是个没有什么宗教偏见的孩子。

39.《特莱津》玛尔吉特·盖尔斯特曼诺娃

39.
《特莱津》(*Terezin*)

玛尔吉特·盖尔斯特曼诺娃
Margit Gerstmannova

玛尔吉特是个女孩。她出生在一九三一年。一九四四年被纳粹杀死的时候,她十三岁。

这是玛尔吉特画的特莱津。这里并不是她的家,她在这里饿着、冻着,可是,她仍固执地在这里创造着美。也许,那个写《我的乡村》的小诗人哈努什·哈申布尔克写过的另一首诗,就是为玛尔吉特的画写的。

画

你们特莱津的画家们,
让一小刷子的水
浸入一个小小的碧色碟子,
你们这些上帝的造物,要有同情心。
你把兵营大块背景的黄色,
默默地、均匀地,
和屋顶的红色混在一起,

在那有着阳光的日子里。

这并不是辉煌的事情
你们正在画画。
这里唯有小小的云朵、梦想,
还有被死亡诅咒的围墙。

这不是世界。这只是画的屏障,
一个色彩的嘉年华会,一个太阳和宝石的世界。
这是伟大的太阳,光照宇宙
和苦涩的美,苦涩、令人害怕的图像。

你们特莱津的画家们,你们要把窗户敞开
面对世界,飘浮在
你们田园诗的云朵的背景上:
有一天,你可能跌入痛苦的口子里。
要挣脱那通向深渊的轨道,
要活着,在黑暗中,仍然创造!

40.《有房子的风景》贝特日藤·霍夫曼

40.
《有房子的风景》(*Landscape with House*)

贝特日赫·霍夫曼
Bedrich Hoffmann

  贝特日赫是个小男孩,他出生在一九三二年。一九四四年被杀死的时候,他才十二岁。
  这是他的家吗?一个搭着木头平台的简朴小屋,小屋旁边种着树。近处是平原,远处是山脉。这个小屋很平常,却是我们的小男孩日夜思念的地方。
  一个无名的特莱津孩子,写出了贝特日赫心里的话:

想家

我在集中营住了一年多,
在特莱津,现在的黑色小镇,
每当我想起我亲爱的老屋子,
我就心疼得不得了。

呵,家呵,家,
他们干吗把我和你扯开?
这里,人死轻如鸿毛

他们死了,就永远不被人知道。

我愿意再回到家中,
那让我想起春花的芬芳。
以前,我一直就住在家里,
竟然没觉得那是多么了不起。

我现在都记得那盛开的花园,
也许我很快能回到那里。

这里人在街上走,
你碰到的人,马上就又看到。
这就是集中营,
邪恶和害怕的地方。
这里没什么吃的,需要的却很多,
你被一点点吞噬,生长着恐怖。
可是,我们都不要放弃!
世界会转变,时间在更新。

我们都在等待那一刻
重新回家的一刻。
现在我知道家是那么可爱
我常常想起家来。

41.《阴影》 伊日·麦兹尔

41.
《阴影》（*Shadow*）

伊日·麦兹尔
Jiri Metzl

  伊日是个男孩，他出生在一九二九年。一九四四年被杀害的时候，他只有十五岁。
  这是一张铅笔画。也许，在德国入侵捷克的时候，伊日家所在的村庄曾经遭到过轰炸？也许德国飞机的轰鸣，给这个孩子的记忆留下了最可怕最深刻的印象？在构图的时候，他把村庄安排在一个小小的角落上，而整个画面的重心，就是阴影——这是战争在这个孩子心中留下的阴影。

42.《风景》 伦卡·琳托娃

42.
《风景》(*Landscape*)

伦卡·琳托娃
Lenka Lindtova

    伦卡是个女孩,她出生在一九三〇年。一九四四年被杀死的时候,她十四岁。

    这是伦卡面前的真实世界,我们希望她在用绘画表达出来以后,心里的感觉能够好一点。这张画是那么有力度,或者说有厚度。她在画面正中的位置上,郑重地放上了一棵象征生命的绿树。

    面对同样的世界,我想起我们已经熟悉的小诗人哈努什·哈申布尔克写过的这样一首诗:

先锋

> 我,一个微不足道的造物,在乞求这个世界的施舍,
> 也许不用你的象足,把我踩倒,
> 也许不用你的火烙,将我烧焦
> 让我长大,大到不需要喂养,
> 像一个男人在这场战斗中挣扎。

我要活!我饥渴。我对知识饥渴，
可命运在柔滑地递给我的
像是一袋塞了苦药的糖果
我，一个有着甜甜牙齿的小孩，品尝
一颗糖，先是甜的，接着，只是教训。
时代浪潮也是同谋，而命运在缓缓地
嘲笑我，笑着。在云层中雪在燃烧。
时间在垃圾堆上的假花中穿过，
而我知道许多人必须如此生活。

我吸着，喝着，命运提供给我的哺育，
虽然这喂我的乳汁已经没有甜味，
现在，我和我的思想单独在一起
我们吞咽下的，比需要的更多，就像
是在上瘾。

43.《风景》 哈娜·图尔诺夫斯卡

43.

《风景》(*Landscape*)

哈娜·图尔诺夫斯卡
Hana Turnovska

    哈娜是个女孩,她出生在一九三二年。一九四四年她被杀害的时候,只有十二岁。

    我真感到惊讶:一个小女孩,却画出了如此"宏大"的一张画。她用简单的色彩创造了丰富、辽阔的世界。她竟然就会懂得,这——已经足够了。

44.《有树的风景》 阿丽米·西蒂戈娃

44.
《有树的风景》(*Landscape with Trees*)

阿丽采·西蒂戈娃
Alice Sittigova

  阿丽采是个女孩,她出生在一九三〇年。一九四四年她被杀害的时候,只有十四岁。
  这是一张用废弃的表格纸剪贴、涂色制作而成的画。这张画的虚实处理得很好,那留白的地方,你会感觉有一汪池水静静地起着漪涟,枝条轻拂着池水,仿佛有风在吹过。远处枝条上的那一点红,就像是那只叫做"红衣主教"的小鸟,在明亮地叫着。远山的颜色是那么漂亮,又那么沉稳、压得住。近处的春景的颜色美得鲜活,却又是素雅、和谐的。
  阿丽采的心里,一定有一个春天。

45.《河边的风景》 埃迪塔·波拉科娃

45.
《河边的风景》(*Landscape of the Riverside*)

埃迪塔·波拉科娃
Edita Pollakova

    埃迪塔是个小女孩。她出生在一九三二年。一九四四年被杀害的时候,她只有十二岁。

    在特莱津这样一个完全封闭的世界里,埃迪塔却在拥抱着整个世界。这里有天空和大地,有云彩和小鸟;太阳、月亮和星星,都在齐放光明!水流滚滚的河里,走着大船和小船,天上飞着飞机,地下跑着火车,有城市,也有乡村。太阳在微笑,星星在舞蹈,院子里长着树,烟囱里冒着烟。

    那是一个被囚禁的孩子在画着她再也不能看到的世界,她似乎在用生命告诉今天的人们,要珍惜自己享受的生命、自由和生活。艺术家弗利德的一个幸存的学生,埃德娜·阿米特(Edna Amit)回忆说,那时,大家都要把我们关进盒子里去,只有弗利德在把我们领出来。

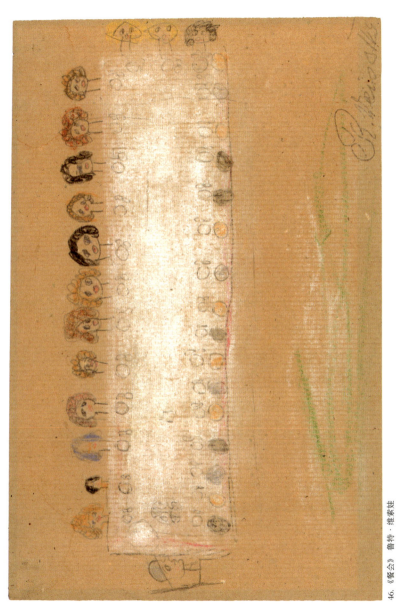

46.《餐会》鲁特·维索娃

46.
《餐会》(Seding)

鲁特·维索娃
Ruth Weissova

    鲁特是个女孩，她出生在一九三一年。一九四四年她被杀害的时候，仅十三岁。

    这是又一张家庭逾越节餐会的记录。鲁特家的聚会，一定来了很多亲戚，她认认真真地一个一个地试着描绘他们。在画着的时候，鲁特一定在心里，一个个地念着他们的名字，呼唤着：爸爸，妈妈，叔叔，姨妈……

    这是每一个犹太孩子生命中经历过的最重要的聚会。他们没有聚会时的照片，特莱津的孩子们用自己的笔，生动记载了这样活生生的民族历史，也成了这些家庭最后的图画记录。

    也许，看了这些画，会有一个生活在今天的、喜欢画画的孩子，也开始用笔记录自己家庭生活的细节，记录自己的生活，记录一段正在发生的历史。只要是真实的，画得不好不要紧。很多很多年以后，那会成为你和你的家庭最最宝贵的东西。

47.《我在公园里》维耶拉·洛约娃

47.
《我在公园里》(*In the Park*)

维耶拉·洛约娃
Vera Lowyova

维耶拉是个小女孩,她出生在一九三一年。一九四四年她被杀害的时候,只有十二岁。

这是我在这本书里最后介绍的一个小女孩。我一次次地写下孩子们出生的年份,并且报告他们死亡的消息。他们大多在同一年死去,都是被杀死在毒气室里。我很想讲出他们更多的故事,我想放上他们每一个人的照片,给人们讲他们过去的生活细节、在特莱津的细微感受以及他们离开这个世界的时候最后的呼喊和遗言。可是,没有了,就像秋风扫过的落叶。一万五千个孩子,走过特莱津,消失了。

幸而,还有这些诗和画留下来。在那个晚上,有一位年轻的女艺术家弗利德和她的朋友,抱着这些稚拙的儿童画,心怦怦地跳着,爬上了最高的阁楼,把它们藏起来;还有那些十来岁的孩子们,在煤堆里,把他们的文字埋起来。希望今天生活幸福的孩子们,能够理解这些过去发生的故事——理解过去,这是一种很重要的能力:那就是历史感。

这些特莱津孩子的生活无疑是不正常的。在他们作画之前,他们和自己的家庭,已经长期在纳粹的蹂躏之下,他们又被遣送到特莱津,经常处在饥饿、疾病的状态中,在死亡的威胁下。可是,他们在弗利德这样的艺术家的引导下,在善良的信念的支持下,正在逐步理解眼前发生的事情和善恶之间的关系,他们理解到,正常心态、正常生活,是培育善良和建立一个正常世界的基础。他们表达痛苦,却尽可能不让它淤积。在如此扭曲的一个世界里,当他们的身体被侵犯的时候,他们用生命的力量,把正常健康的精神,坚持到了最后一分钟。

这张画,就是特莱津孩子们在坚持要恢复的生活。那不是外在的财富和功名利禄,那是自然的和平环境,在天空上,太阳懒懒地躺在云朵上,大雁南飞;金黄色秋叶,在轻轻地落下来;戴着蝴蝶结、穿着花裙子的小女孩,捡起一片美丽的落叶,跑着回去,告诉妈妈公园里的故事,再小心地把叶子夹在她心爱的书本里。那不是焦躁的欲望,那是平和的心情,能够辛勤地劳作,自由地呼吸,自由地歌唱,自由地写诗、画画,自由地创造,知道在路的尽头,有一个家在等着自己。画面传达出的是爱的能力,能够给爸爸妈妈和弟弟妹妹一份爱,能够给别人带来一点快乐,能够体验、欣赏和珍惜平平常常的生活,能够因生命的给予而感恩。

不论长到什么年龄,哪怕你已经年老,不能奔跑,你依然能够走在这张画里,为那枚秋叶而惊喜,你忍不住地叫着,看啊,这树叶,它是多么美丽!

这就是特莱津集中营囚禁中的孩子，留给我们每一个人的遗产。

希望你一直保存着这本书，哪怕你在一年年地长大，哪怕它在书架上放了很久，落满灰尘。

只要你再次打开，你一定会庆幸，你并没有把它丢失。

后记

林达

做出这本书,是多年断断续续自然走出来的结果。

好几年前,由于偶然机缘,在广播里第一次听到有关特莱津犹太儿童汉娜的故事,被深深打动,我们买了书,开始翻译,得到编辑吴彬的支持。在这段时间里,查阅了许多有关特莱津的资料,想搞清楚特莱津集中营运作方式的细节。因此给两本相关书籍的作者写了信,最后还是没有完全找到答案,在心里留下一些疑问。

被害的汉娜留下了四幅画作,我们因此开始去了解特莱津的孩子们学画的过程,阅读了孩子们的艺术教师弗里德的传记、巡回展内容和相关资料。在写了介绍弗里德的文章之后,我们迷上了特莱津孩子们的画作,于是开始收集刊登这些画的出版物。在这个过程中,我们发现孩子们除了画还有诗作留下来。那一年圣诞,我们经过华盛顿,特地去肯尼迪艺术中心,看犹太儿童合唱团演唱根据特莱津儿童诗作谱成的歌曲联唱和朗诵。

在这些年里,我们陆续把特莱津儿童画发给编辑朋友,只是希望和朋友分享一种心情。大致在二○○五年,三联书店筹备纪念反法西斯战争结束六十周年的出版物,编辑想到了这些特莱津儿童画,提出选题,希望中国的孩子也能了解这段历史和犹太儿童的故事。她把我们平时传给她的儿童画,再传给了负责选题的汪家明先生。得到汪家明先生的支持,确立了选题,然后问我们是否愿意从现有的出版资料中选编一些画,写出相应的时代背景和尽可能丰富的特莱津的真实故事,目标是做一本儿童读物;确定的读者群,是和画作者们同样年龄段的孩子

——儿童、青少年,同时又希望,这本青少年儿童读物,也能在一定意义上适合成人阅读。

就在这个过程中,我们真正了解了特莱津的整个运作过程:一批犹太艺术家、教育工作者如何在死亡威胁下利用特莱津提供的特殊环境,在松和紧之间,觅得一点点空间保护孩子的心灵。我们进一步读了在特莱津创作排练儿童剧的剧作者传记,听了儿童剧今天演出的一些录音,也惊讶地读到特莱津男孩宿舍中存在的杂志选集,并且发现,在战后主要参与保存和编辑出版这些杂志的几个幸存者中,有我们已经熟悉的汉娜的哥哥。而在以前翻译的《汉娜的手提箱》中,这些情节完全没有出现。在写作特莱津故事的时候,由于已经有了《汉娜的手提箱》一书,她的故事我们一笔带过,涉及这个故事只是为了引出她哥哥的故事。接着,我们读了有关一批特莱津成人艺术家的故事。

有关纳粹种族屠杀的大背景,除了过去积累的阅读,我们还参观了华盛顿浩劫博物馆中有关纳粹从种族优生理论向屠杀过渡的展览,阅读了相关书籍,也采访了我们的德国朋友和犹太人朋友。这些资料综合在一起,写出了一个在大背景下的儿童青少年版的特莱津故事。

本书的画作是从我们可能得到的出版物和布拉格犹太人博物馆公开的馆藏品中挑选的,初选之后,又请汪家明先生作出最后选择。选择的原则是兼顾画作的画面效果和反映孩子的生活。配诗的启发来自犹太人博物馆出版的《我再没有看到另一只蝴蝶》,也选了这本书中的一些画和配诗。关于孩子的资料来自不同的参考书。这本书的文字写作部分在二〇〇五年就已完成,没想到出版社购买资料版权的过程不太顺利,直到去年才完成。《像自由一样美丽》,是编辑起的书名。这本书是很多人共同努力的结果。相信所有参与制作这本书的人,都和我们一样,很长时间经历一种难言的心情。这本书的起点或许可以追溯到更早,在我们童年的时候,周围也在发生类似的故事,只是这样的故事不再有人关心,我们没有如犹太民族那样,执着地认为,必须把它记下来、讲出来。而对我们这代人来说,记忆始终还在那里。

第一次做这样的书,我们没有经验,可是在第一次印刷出来之后,感觉必须作一些说明。首先是,说明这本书的主体是特莱津儿童的诗画,事实上,也是这个主体叙述在直接打动读者,我们的文字只是一个补充和陪衬。另外,必须说明这是一本主要以儿童青少年为对象的书籍,因此对画作也附加了说明。在写作时确实有些困扰,在语气和描述上,要照顾尽可能年幼的孩子,历史背景因此尽可能做得简约,尽量往浅里写。我们想,这只是围绕特莱津犹太儿童的一个历史引子,假如有兴趣,少年读者会去进一步寻找更深的读物。关键是,希望让孩子们受到触动,对这段历史有所感悟,引出兴趣来。可是,这些故事的历史背景确实超越了儿童话题,所以,可能还是做得对儿童及成人两头都不够"适度"。

我们还是希望这本书能有更多的小读者。

主要参考书目：

《We Are Children Just The Same》, Marie Rut Krizkova, Kurt Jiri Kotouc, Zdenek Ornest, Published by The Jewish Publication Society, 1995
《I Never Saw Another Butterfly》, Chaim Potok, Published by Schockken Book Inc. 1993
《Friedl Dicker-Brandeis》, Elena Makarova, Published by Simon Wiesenthal Center, 2001
《Deadly Medicine-Creating The Master Race》, United States Holocaust Memorial Museum, Published by United States Holocaust Memorial Museum, 2004
《The Artists of Terezin》, Gerald Green, Published by Hawthorn Books, Inc.1978
《Fireflies in the Dark》, Susan Goldman Rubin, Published by Holiday House, Inc.2000
《Hana's Suitcase》, Karen Levine, Published by Albert Whitman & Company, 2003
《Music in Terezin 1941-1945》, Joza Karas, Published by Oxford University Press, 2005

Simplified Chinese Copyright © 2013 by SDX Joint Publishing Company All Rights Reserved.
本作品中文版权由生活·读书·新知三联书店所有。
未经许可，不得翻印。

图书在版编目(CIP)数据

　像自由一样美丽/林达著.—2版.—北京：
生活·读书·新知三联书店，2013.7（2023.9重印）
　（林达作品）
　ISBN 978-7-108-04431-0

　Ⅰ.①像… Ⅱ.①林… ②马… Ⅲ.①第二次世界大战-犹太人-集中营-史料 Ⅳ.①K152

　中国版本图书馆CIP数据核字(2013)第027295号

责任编辑　吴　彬
装帧设计　陆智昌
责任印制　董　欢
出版发行　生活·讀書·新知 三联书店
　　　　　（北京市东城区美术馆东街22号）
邮　　编　100010
网　　址　www.sdxjpc.com
经　　销　新华书店
印　　刷　北京隆昌伟业印刷有限公司
版　　次　2007年9月北京第1版
　　　　　2013年7月北京第2版
　　　　　2023年9月北京第14次印刷
开　　本　880毫米×1230毫米 1/32 印张7.5 图47幅
字　　数　50千字
印　　数　122,001-125,000册
定　　价　44.00元
（印装查询：01064002715；邮购查询：01084010542）